Wind Smith

Wind Smith

El Otoño De Los Corazones Rotos

María Fernández Méndez

Ilustración de la portada de Regina Gutiérrez

ISBN 13: 9781092761918

Don't you know
they're talkin' 'bout a revolution
sounds like a whisper
don't you know
they're talkin' about a revolution
it sounds like a whisper
while they're standing in the welfare lines
crying at the doorsteps of those armies of salvation
wasting time in the unemployment lines
sitting around waiting for a promotion
don't that you know
talking' 'bout a revolution

— Tracy Chapman

La música de Tracy Chapman, desde que la descubrí en el verano de 1988, siempre ha estado conmigo en tiempos buenos y malos. Me ha enseñado a no renunciar a mis sueños, sin importar cómo me sienta. Estaba escuchando esta canción una mañana de noviembre. Fue uno de esos días en que mi mente estaba receptiva, dispuesta a ser creativa. Para cuando el álbum *Fast Car* de Tracy acabó de sonar, ya tenía una idea para una historia. Podía sentir mariposas en el estómago, una señal inequívoca de que no sería capaz de olvidarme de la idea. Así que, me senté en el sofá de mi habitación, mi lugar favorito para escribir, cogí un bloc de notas y bolígrafo, y empecé a escribir todo lo que me vino a la mente. Eso fue hace tres años y el comienzo del libro que estás sosteniendo ahora.

Tracy, gracias por la inspiración.

"Escuchar el silencio es oír el latido del universo"

Laurence Overmire

1

Casa

Era principios de septiembre. El colegio había comenzado después de pasar un largo verano en la reserva. A Wind le encantaba pasar temporadas con la familia de su madre. Hoy, después de clase, Wind llegó a casa y se sentó en el sofá de la sala de estar. Una revista estaba abierta en la mesa de café. Era una de esas revistas gratuitas que daban en el supermercado de productos ecológicos. En la página abierta, había un dibujo de un gran corazón rojo con un estetoscopio sobre él, como si estuviese comprobando el latido del corazón. El artículo se llamaba "El Secreto de un Corazón Sano". Decía así: «Según la medicina tradicional china, el corazón alberga el espíritu o la mente, y las mejores cosas para mantenerlo sano son ser felices, tener pensamientos y sentimientos positivos, y aceptar lo que a uno le suceda, pase lo que pase. La negatividad es un verdadero enemigo del corazón.»

Aunque Wind sólo tenía diez años, a ella le gustaba leer artículos como este o básicamente cualquier cosa que caía en sus manos. Su madre, la doctora Senoia Wind-Smith, era muy partidaria de la medicina china y natural, y de los alimentos orgánicos y todo eso, por lo que este artículo realmente tenía sentido para Wind. Ella no entendía cómo la mayoría de los adultos no llegaban a la misma conclusión una vez llegaban a ser adultos. Por el contrario, se tomaban todo muy a pecho y se preocupaban y enfadaban por la más nimiedad de las cosas.

Wind sabía que ella no iba a vivir así su vida. De ninguna manera. Ella intentaba mantener una sonrisa desde la mañana hasta la noche, divirtiéndose con sus amigos. Encontraba cosas que hacer que le gustaban, como hacer una fortaleza en la sala de estar con los cojines del sofá y una manta por encima, y allí debajo encendía una linterna y leía historias divertidas que le hacían reír.

O cuando Wind quedaba con sus amigas, le encantaba jugar a *Barbie puénting*, un juego que había inventado su prima. Le ataban un cordel alrededor de la cintura de una Barbie y la lanzaban por la ventana aguantándola por el cordel. La dejaban colgada sólo lo suficientemente baja para que la viese la gente que pasa por la calle. Era divertidísimo ver sus caras y cómo se preguntaban qué diablos hacía una muñeca suspendida en el aire. Mucho más divertido que vestir a las Barbies y sentarlas en su casita. Aunque al ver las caras de la gente pasar, Wind sabía que ella no tendría esa cara cuando se hiciese mayor. De ninguna manera.

Wind pensaba bastante en los adultos. Muchos de ellos eran algo hipócritas, es decir, mentirosos, porque siempre les decían a los niños cómo comportarse, que fuesen honestos y que compartiesen sus cosas, y, sin embargo, ellos mismos eran terribles para cumplirlo. La secretaria del colegio de Wind, por ejemplo, la señora Milkman, era un caso sin remedio. Iba a la escuela con unos zapatos de tacón altísimos, tan altos que los empeines de los pies le abultaban por fuera de los zapatos, lo que le hacía caminar de manera muy torpe y también muy divertida. Ella probablemente pensaba, creía Wind, que se le veía muy bien, si no, no los llevaría puestos, pero le quedaban horriblemente mal. Parecía que se iba a caer en cualquier momento. La señora Milkman era bastante baja y gorda y debía pensar que los tacones la hacían parecer alta y esbelta. Pero no era así, se le veía igualmente chaparreta y además tambaleante.

¿Por qué no podía aceptar que era corta de estatura y ser feliz como era? ¿Y no podía alguna persona, una compañera o un ser querido, decirle cómo se le veía? No, nadie le decía nada y ella seguía tambaleándose a diario sin saber lo ridícula que estaba. Además, iba con esa expresión en la cara cuando alguien, un alumno, o incluso, una madre, se le acercaba, que decía «¿Qué demonios quieres? ¡No me hagas perder el tiempo! Estoy demasiado ocupada para que tú vengas a molestarte, pequeñaja.» Mientras tanto, seguramente estaba jugando con uno de esos juegos como el *Candy Crash* que tiene a los mayores enganchados.

Por eso Wind realmente no escuchaba a los adultos. No tenían ni idea de lo que hacían. Cuando empezaban a dar consejos o a hablar de reglas y normas, Wind desconectaba sus oídos. Intentaba pasar desapercibida, no meterse en problemas y estar a lo suyo.

Sus padres eran bastante majos, aunque Wind no se lo decía, no fuesen a pensar que no la disciplinaban lo suficiente. Realmente no la molestaban mucho. Se querían mucho el uno al otro, y se les veía bastante satisfechos de si mismos. Construyeron una casa grande y hermosa antes de que naciesen Wind y su hermana Rain. Un día después de clase, Wind estaba jugando con sus amigas en su casa, y una de ellas le preguntó si ella y su familia eran ricos. Era la primera vez que alguien le preguntaba eso y no supo que responder, así que esa noche Wind le preguntó a su madre: «¿Mamá, somos ricos?» Su madre respondió: «¡Por supuesto que lo somos! Somos ricos en amor, cariño, amabilidad, alegría... ricos en besos y abrazos», y agarró a Wind y la abrazó fuerte, la besó y le hizo cosquillas. Así que sí. Eso es lo que les diría a sus amigas si le volvían a preguntar, y le preguntaría a su madre otra vez cuando tuviese ganas de unas cosquillas.

Wind dejó atrás sus pensamientos cuando su madre le dijo que era hora de ir al supermercado. El colegio había comenzado la semana anterior y ya se estaba acabando la comida para meriendas. Su madre le dejaba escoger distintas cosas para que no se aburriese de comer lo mismo todos los días.

«Me pregunto si la revista del supermercado de esta semana tendrá también artículos con imágenes divertidas», pensó Wind de camino al mercado. Cuando llegaron, Senoia se adelantó, mientras que Wind se quedó en la puerta donde estaban las revistas y echó un vistazo. Esta vez, no encontró nada que le pareciera interesante así que fue a buscar a su madre. Entró en el pasillo donde estaban las lociones y champús. Wind se acordó de que, la última vez que había estado en este pasillo, había visto una barra de labios *Chapstick* que olía a cerezas. No estaba segura en que estante estaba, así que se tomó su tiempo buscando en cada uno de ellos. Finalmente las encontró. Sus ojos captaron una barra con aroma de sandía. Nunca había probado esta antes, así que la cogió y corrió a buscar a su madre. Senoia probablemente iría para la caja registradora pronto, por lo que Wind puso la barra de labios en la cinta portadora y esperó por ella.

Tenía muchas ganas de probar la barra de labios, pero no estaba supuesta a hacerlo hasta que pagase por ella. Empezó a impacientarse. A lo mejor su madre ya estaba en el aparcamiento guardando la compra en el maletero del coche. Así que se fue afuera para comprobarlo. No podía ver el coche desde la puerta del supermercado, pero se acordaba donde había estacionado así que fue a buscarlo. Wind iba caminando entre dos coches, cuando sintió un toque en el hombro. «Por fin allí estaba» pensó Wind, pero se equivocaba. Al darse la vuelta, lo primero que Wind vio delante de sus ojos fue la barra de labios de sandía y escuchó una voz que decía:

–¿No te has olvidado de esto? Te lo he traído.

Wind levantó la mano para agarrar la barra de labios y antes de poder reaccionar sintió que alguien le tiraba de la mano, la levantaba en el aire, le agarraba las piernas y la metía en el maletero de un coche.

Este fue el día cuando todo cambió para Wind. No sólo para Wind y su familia sino para todo su entorno y más allá.

Wind estaba dentro de aquel maletero y en vez de ponerse nerviosa o asustarse, intentó calmarse y prestar atención a los giros del coche. Se puso a contar para calcular el tiempo transcurrido en el vehículo. Cuando se paró había llegado hasta quinientos y había contado dos giros a la derecha, después todo recto y otros dos giros a la izquierda.

El maletero se abrió y Wind se sentó sin decir una palabra. El lugar apestaba, como si hubiese un animal muerto allí dentro. El coche estaba dentro de un garaje lleno de trastos, polvo y basura. Wind se llevó la mano a la nariz y la apretó fuerte para tapar las fosas nasales.

Un hombre apareció por el lateral del coche y se quedó parado detrás de este observando a la niña. El hombre olía tan mal como el garaje. Estaba tan sucio que Wind no podía discernir ni de qué color tenía el pelo ni la piel. Lo que sí veía clarísimo era su intenso color azul de ojos que le miraban fijamente. El hombre movió la cabeza de lado a lado, como hacían los tigres en esos documentales de la tele que Wind solía ver con su padre, justo antes de abalanzarse sobre su presa. Seguía mirándola y ella a él.

–Así que te gusta el sabor a sandía ¿Verdad? –dijo el hombre. Su voz tenía un tono agudo, como el de un adolescente que está pasando por la pubertad, pero este hombre era ya mayor– ¿Quieres probar la barra de labios ahora? Yo creo que te va a gustar mucho –continuó hablando con amabilidad esperando a la reacción de Wind. Ella no respondió y siguió mirándolo fijamente, pensando en qué hacer a continuación, con los brazos cruzados sobre el pecho y todavía tapándose la nariz con la mano derecha. No iba a mantener una conversación con este lunático. Las ideas se le atropellaban en la mente, intentando decidir qué hacer para escapar, para mantenerse en calma y no llorar.

Como ella no respondía como él esperaba, su expresión cambió de una sonrisa cínica a una cara seria. Él no había imaginado que una niña como ella no llorase o no suplicase. Dio un paso a delante hacia ella. No era lo que esperaba. Parecía mayor de lo que pensó cuando la vio en el supermercado.

Sus ojos oscuros de color castaño, detrás de unas gafas de pasta negra, tenían una mirada profunda. Sus mejillas estaban sonrojadas y se estaba mordiendo el labio inferior. Su pelo negro y liso estaba atado en un moño alto. Estaba sentada al borde del maletero abierto, con las piernas colgando fuera del coche.

Wind empezó a sentir que su pecho se expandía más y más, mientras, inconscientemente, intentaba mantenerse calmada. Su madre le había enseñado ejercicios de respiración que la hacían sentirse mejor cada vez que se enfadaba. Luego, después de un par de respiraciones, ya no veía al hombre asqueroso de la misma manera: repugnantemente sucio de arriba a abajo que no se distinguía el color de su ropa, con una sonrisa enferma y una mirada azul clara aterradora. Ella también veía a través de él, a través de su esencia. Sentía que el corazón de él estaba duro y negro como el carbón. Sin soltar la nariz, Wind le dijo:

–Tiene el corazón en su pecho podrido y lleno de odio e ira. No va a vivir mucho más. No hay nada que puede hacer para impedirlo. Incluso si le dieran hoy un corazón nuevo, es demasiado tarde. –Wind no supo de dónde salieron esas palabras, pero lo veía claramente a través de su esencia.

El corazón de Wind latía pausadamente, aunque lo sentía fuerte en su pecho. Ella podía sentir el bum,bum en sus oídos pues todavía seguía con su mano agarrada a la nariz. No sabía si lo estaba imaginando, pero podría jurar que también escuchaba el latido del corazón de ese monstruo acelerándosele más y más rápido. El hombre no dijo ni una palabra. Tenía una mueca malvada en su cara sucia, y de repente, comenzó a retorcerse de dolor mientras miraba absorto a Wind. Cayó como un peso muerto delante de ella, incapaz de entender lo que le estaba sucediendo. Jadeó buscando aire una última vez, y expiró.

Wind saltó fuera del maletero del coche, abrió la puerta del garaje y corrió fuera de allí, tratando de recordar el camino de regreso al supermercado. Empezó a contar y se dio cuenta de que, en la ruta recorrida, donde habían girado a la derecha, ahora sería a la izquierda y viceversa. Así que, en el primer semáforo, giró a la derecha. En el siguiente cruce giró nuevamente a la derecha y siguió corriendo. Ya había contado hasta cien. Empezó a calcular mentalmente: Podía correr seis kilómetros por hora en la cinta de su madre. A veces, se fijaba en el cuentakilómetros del coche. Hoy recordaba que habían ido a entre treinta y cuarenta kilómetros por hora. Eso era entre cinco y siete veces más rápido que ella. Recordaba que antes había contado hasta quinientos, así que ahora tenía que contar por lo menos hasta dos mil quinientos. Finalmente, todos esos problemas de clase de matemáticas servían para algo. Siguió corriendo todo recto con la ilusión de reconocer alguna calle o tienda. Esta fue una de tantas ocasiones en las que habría deseado tener un teléfono móvil, aunque lo más importante ahora era alejarse lo más posible de aquel garaje.

Wind había contado hasta quinientos cuando empezó a cansarse, pero no quería parar de correr. Tenía la esperanza de empezar a ver algún lugar conocido pronto. Cuando llegó a mil, decidió girar a la izquierda. Se encontró con una amplia avenida con mucho tráfico. Wind redujo el paso y siguió caminando para recuperar el aliento. Después de un rato por fin vio algo que reconoció: la valla del parque al que solía ir con sus amigas. Entró en el parque y vio a su amiga Wesley.

–¡Hola, Wind! –le dijo– ¿Quieres venir a andar en bicicleta por el parque? ¿Dónde está tu bici? ¿Te trajo tu madre?

Wind miró a su amiga, todavía confundida y sorprendida por lo que había pasado. Su respiración se iba calmando

–Me tengo que ir a casa –le dijo Wind bajando la vista.

–¿Estás bien? –su amiga le preguntó. Wesley y Wind habían sido vecinas y amigas desde Infantil. Wesley sintió que algo no iba bien con Wind o con alguno de sus seres queridos.

–Nos vemos mañana –Wind le dijo a Wesley y le miró directamente a sus ojos negros mientras sostenía sus manos unos segundos. De repente las dos sintieron cómo una ola de energía fluía de las manos de una a la otra. Wesley respiró hondo, abrió sus grandes ojos, y soltó un suspiro fuerte. Wind la soltó y se echó a correr a casa.

2

Dilema

Wind no entendía lo que le pasaba. «¿Por qué siento este enorme espacio en el pecho y por qué oigo los latidos del corazón de otras personas?», pensaba Wind. «Debo resolver esto. No entiendo nada ahora, pero sé que hay una explicación».

Siguió corriendo y corriendo mientras todos estos pensamientos recorrían su mente. «¿Es mi mente o mi corazón? Ahora mismo lo sentía todo con su corazón. ¿Qué significa? Si hay alguien que me pueda ayudar esa es mi madre. Pero ¿Me va a creer cuando le diga lo que pasó hoy? ¿Cómo voy a decírselo?». Wind necesitaba tiempo para aclararse la cabeza.

La madre de Wind, la Dra. Senoia Wind-Smith, era una científica; estudiaba las emociones y dónde se encontraban y se almacenan en el cuerpo. Ella había descubierto que las personas se enferman porque reprimen las emociones. La ira, la tristeza, el miedo, la felicidad, el entusiasmo quedan atrapadas en el cuerpo y provocan toxinas que enferman el cuerpo. «Ella siempre me dice que sin importar cómo me sienta», Wind pensaba, «debo expresarlo y después dejarlo ir»; a Wind le gustaba eso. La hacía sentir bien. «Apuesto a que ese monstruo loco estaba lleno de rabia e ira reprimida dentro de él y se estaba pudriendo con tantas toxinas». Ahora estaba enfadada. «¿Cómo le voy a decir lo que me ha pasado hoy? ¿Fui yo quién lo mató? ¿Pensará Mamá que yo lo maté?». Wind empezó a tener dudas y no sabía cómo decírselo a su madre. «¿Se sentirá horrorizada? ¿O pensará que me lo he inventado?». Wind se había inventado más de una historia para intentar librarse de más de una reprimenda y salirse con la suya. Tampoco era la primera vez que desaparecía en una tienda. Una vez casi le provoca un ataque al corazón a su madre porque pensó que la había perdido en un centro comercial. Llevaba un buen rato buscándola y Wind solamente estaba jugando al escondite con su hermana Rain. Rain intentó justificarse, pero como era la hermana mayor su madre le regañó más a ella que a Wind. Después de aquello, Rain ya no quería jugar más con Wind. Decía que la metía en problemas.

El corazón de Wind latía a gran velocidad después de tanto correr. Cuando llegó a casa, su madre estaba en la cocina preparando la cena. Lo primero que pensó fue correr a su madre y explicárselo todo, pero enseguida le resurgieron las dudas, así que mantuvo la distancia.

–Estoy bien–dijo–. Siento haberme ido del supermercado, pero ya estoy aquí. ¿Puedo irme a mi cuarto? –Wind tenía la respiración agitada y hablaba entre jadeos. Tenía que organizar sus ideas y planear cómo decirles a sus padres lo que le había pasado.

Senoia siguió preparando la cena. Después de una larga pausa y un profundo suspiro, le dijo:

–¿Qué voy a hacer contigo, Wind Smith?

Sonó el teléfono. La madre de Wind contestó.

–Hola... un momento. Wind, es Wesley.

–Lo cojo en mi habitación –dijo Wind sin mirar a su madre, desde las escaleras que iban al segundo piso.

–No tardes mucho. La cena está casi lista –dijo Senoia.

Wind subió corriendo a la habitación de sus padres, cogió el teléfono supletorio, volvió a cruzar el pasillo, entró en su habitación, cerró la puerta detrás de ella y cogió el teléfono.

–Entonces ¿Qué está pasando? –le preguntó Wesley–. ¡No puedo esperar hasta mañana! Vamos, dime. Es sobre el proyecto de ciencias, ¿no? Yo también voy atrasada. Estoy atascada en las últimas cinco preguntas. ¡Quiero acabarlo ya!

Wesley era una de las primeras amigas de Wind, así que sabía que podía confiar en ella. Wesley era dulce pero fuerte al mismo tiempo. Era amable con sus amigas y de carácter fuerte cuando necesitaba expresar su opinión. Tenía intuición con los niños nuevos del colegio y siempre era precavida con los desconocidos, así que Wind esperaba que no se enfadase con ella por lo que le había pasado hoy.

–Me secuestraron ¿Vale? Eso es lo que pasó. Pero no se lo puedes decir a nadie. Prométeme sobre la tumba de tu madre que no se lo vas a contar a nadie. Mis padres todavía no lo saben y tengo que pensar en la forma de decírselo. Debo irme. Mi madre me está llamando para ir a cenar. Ven a mi casa después de cenar, por favor. Dile a tu padre que tenemos que acabar el proyecto de ciencias –dijo Wind desesperadamente. Tras una larga pausa, continuó–. ¿Wesley, estás ahí?

–Sí, claro, allí estaré –susurró Wesley.

Wind colgó el teléfono y bajó a cenar. Hoy era miércoles y le tocaba poner la mesa. Senoia estaba acabando de hacer la ensalada, Rain estaba dando de comer al perro y el padre de Wind, Alex, estaba sacando la carne de la barbacoa. Todos estaban en silencio, pero Wind estaba en silencio y ausente, como si estuviese en otro lugar. Puso los platos, después los vasos, los tenedores y cuchillos, después las servilletas...

–¡Wind! ¿No me oyes? ¡Te estaba pidiendo que fueses a buscar a Ulisi para cenar! –le gritó Rain a la cara.

Rain tenía trece años. Una adolescente en pleno apogeo que no estaba contenta ni con su hermana ni con su vida actual en general. Todos los días se quejaba o enfadaba por algo.

–Vale, ya voy. –Wind dejó las servilletas encima de la mesa y fue a la habitación de su abuela. Ulisi significa 'abuela' en cherokee. Ulisi, siempre tenía una sonrisa serena en su cara, sin importar lo que estuviese haciendo. En este momento estaba tejiendo una cesta. Quería enseñarle a Wind a tejer cestas, pero la niña siempre estaba ocupada haciendo otras cosas. Ahora estaba haciendo una maceta para una planta, su estrella azul del este, que la había traído de la reserva. La tenía en el porche de atrás donde recibía la luz del sol de la tarde. La planta había crecido mucho y la maceta le estaba quedando pequeña.

–Ulisi, es hora de cenar –le dijo Wind elevando la voz al mismo tiempo que indicaba con señas pues Ulisi no oía muy bien. Wind ayudó a su abuela a levantarse de la silla. Ulisi le acarició la mejilla con su mano arrugada y suave y se paró un instante ante ella ofreciéndole una sonrisa amable de reconocimiento, y enseguida caminaron juntas al comedor.

Senoia, Alex y Rain ya estaban sentados a la mesa hablando del día. Wind y Ulisi se sentaron. Por lo general, mientras Alex servía la comida, Wind empezaba a hablar de lo que había hecho ese día. Hoy se quedó en silencio, ausente, y no tenía tanta hambre como de costumbre.

Su padre lo notó enseguida. Miró para ella.

–Así que, Wind ¿Qué pasó hoy en el supermercado que tuviste que marcharte con tanta prisa y ni siquiera pudiste despedirte de Mamá?

La cara de Wind se le puso pálida. Ella no quería mentir; en realidad no podía mentir. No sabía cómo. Cada vez que quería evitar un problema y no decir lo que de verdad estaba pensando, se sonrojaba, empezaba a tartamudear y a balbucear, y enseguida la descubrían. En este momento era distinto. Ella quería contárselo a sus padres, pero no sabía cómo. Tenía que hablar con Wesley primero y planearlo bien.

–No tengo mucha hambre. ¿Puedo ir a mi cuarto a trabajar en el proyecto de ciencias? Wesley va a venir después de cenar para terminarlo juntas. Después puedo cenar algo y podemos hablar. –Wind miró a su padre con su irresistible mirada de perrito indefenso, pero esta vez no estaba fingiendo.

–Está bien, pero no creas que te vas a librar tan fácilmente, jovencita. Nos debes una explicación –dijo Alex sonriendo con ternura.

–Gracias, Papá. Te quiero. –Besó a su padre en la mejilla y le dio un abrazo corto– A ti también te quiero, Mamá. Siento no haber estado allí cuando te fuiste del mercado. Os lo explico más tarde.

Rain la miró fastidiada.

–¿Por qué ella se puede levantar de la mesa cuando quiere? ¡Niña malcriada! Wind la miró y pensó «¡Venga ya!». Y se fue a su habitación.

Wesley llegó treinta minutos más tarde. Wind corrió a la puerta en cuanto oyó sonar el timbre para que su madre o su padre no viesen la expresión de preocupación de Wesley. Eso la delataría. Subieron corriendo a la habitación de Wind. Wind cerró la puerta justo después de que Wesley entrara y mantuvo la espalda pegada a la puerta. Puso las manos detrás de la espalda para evitar que alguien abriese la puerta. Miró directamente a los ojos de Wesley, y sin decir una palabra, extendió sus manos para que Wesley se las cogiera. La mejor amiga del mundo de Wind abrió sus grandes ojos negros y, dubitativa, le dio las manos.

Las dos se agarraron fuertemente y cerraron los ojos. Una oleada de energía corrió de nuevo desde el corazón de Wind hasta sus hombros, bajó por sus brazos y cruzó a las manos de Wesley. Wesley respiró hondo, aguantó la respiración y lentamente soltó el aire. Toda la tensión en su cara, hombros, pecho, brazos y manos se liberó, y Wind vio que después de esto su amiga podía comprenderla por completo. De alguna forma, se sentían conectadas, incluso más que antes, de una manera que no podían explicar con palabras, más allá de su amistad y cercanía. Parecía que eran parte una de la otra, cada una parte de algo más grande que ellas mismas. Se sonrieron y se sentaron en la cama. Entonces Wind le contó a Wesley desde el principio hasta final lo que le había pasado ese día. Wesley estaba segura de que la doctora Wind-Smith tendría respuestas al dilema de Wind.

3

Explicación

–¿Crees que mi madre me creerá, Wesley?

–Bueno, si le tocas las manos y siente lo que yo sentí, estoy segura de que no necesitarás muchas palabras. ¿Comprendes lo enorme que esto podría ser? –dijo Wesley–. Yo creo que tienes poderes especiales. Incluso diría sobrenaturales. No puede ser una coincidencia que ese monstruo colapsara delante de ti. Pero tienes razón, tu madre probablemente sabrá qué te está pasando. ¿No investiga sobre las emociones? Seguro que esto está relacionado. Entonces ¿Cómo se lo vas a decir? Simplemente cógele las manos y díselo como me lo dijiste a mí. Estoy segura de que lo entenderá.

Wind respiró profundamente.

–Vale, tienes razón. No voy a esperar más. Acabaremos el proyecto de ciencias mañana ¿Vale?

Wind acompañó a Wesley a la puerta, le dio un abrazo y se despidió. Después cerró la puerta detrás de Wesley, se giró y tropezó con Rain, que en ese momento estaba pasando por detrás. Se tambaleó y se agarró al brazo de su hermana para no caer. Rain retrocedió sorprendida al sentir un calambre en el brazo.

–¡Qué demonios, Wind! –gritó Rain–. ¿Has estado frotando globos o qué? Aléjate de mí. No me vuelvas a tocar.

Rain empujó a Wind y esta cayó de espaldas en el suelo. Wind estaba completamente confundida. En cuestión de horas, había experimentado los acontecimientos más extraños y en cada uno de ellos sintió cómo su corazón latía fuertemente en su pecho, cada vez con el mismo ritmo, pero con un resultado totalmente diferente. Esta vez sintió la rabia de Rain. Ahora realmente necesitaba a su madre. Pensó que los resultados estaban conectados con los distintos tipos de energía. Cuanto más negativa la energía, peor era el resultado, cuanto más positiva la energía, mejor el resultado.

Hasta no hacía mucho, Rain siempre había cuidado de Wind. Wind quería muchísimo a su hermana. También pensaba que era preciosa. Se parecía más a su padre, a diferencia de Wind, que se parecía más a su madre. Rain tenía el pelo largo, ondulado y trigueño, los ojos verdes alargados, los pómulos prominentes y la piel clara y pecosa. Al ser su hermana mayor, Rain cuidaba de que Wind estuviese bien desde que entró en Primaria. En casa solían dormir en la misma habitación y Rain le contaba cuentos a Wind por la noche antes de ir a la cama. Después, Rain se fue a Secundaria, se fue para su propio cuarto y todo cambió. Poco a poco jugaban y leían cuentos juntas cada vez menos hasta que ahora eran prácticamente unas extrañas. Esto ponía a Wind muy triste, especialmente porque Rain estaba disgustada o enfadada la mayoría del tiempo.

Wind reflexionó sobre lo que había pasado hoy. «Una persona murió delante de mí cuando me enfrenté a él. Otra persona sintió una oleada de energía y nos hizo sentir en paz y conectadas. Y otra persona sintió un calambre y rechazó contacto conmigo. ¿Cuál era la diferencia entre estas personas?»

Wind estaba todavía sentada en el suelo delante de la puerta principal cuando su madre salió de la cocina.

–¿Qué pasa, Wind? ¿Estás bien? –Su madre la sacó de sus pensamientos y le tendió las manos para ayudarla a levantarse del suelo. En el momento, la niña dudó y bajó las manos por miedo a darle a su madre un calambre, pero su madre no se rindió y la ayudó a levantarse.

«Ahí está otra vez», pensó Wind. «La misma energía que sentí cuando abracé a Wesley». Sintió un alivio inmediato y la abrazó fuerte sin soltarla. Senoia respiró profundamente, se separó suavemente de Wind agarrándola por los hombros y se bajó para tener a Wind a la altura de la vista.

–Vamos a sentarnos para que puedas contármelo todo –le dijo Senoia.

Wind cogió aire y se sintió aliviada. Tenía esperanzas de que su madre la entendiese. Mientras le contaba la historia, se daban las manos y se miraban a los ojos. En cuanto Wind le dijo cómo el hombre colapsó delante de ella, sintió que no tenía que contarle nada más. Su madre la entendía a través de su conexión. Parecía que podía leer los pensamientos de Wind, no con palabras sino con emociones. Se abrazaron nuevamente.

La doctora Wind-Smith era una científica con una misión. Si se la veía sin su bata de laboratorio, no se podía uno imaginar que fuera una experta en investigación. Tenía rasgos nativoamericanos: pelo negro liso, largo y brillante, nariz larga y recta, ojos oscuros y alargados, labios finos y tez tostada. Su único rasgo físico de su herencia escocesa por parte paterna era las pecas en sus mejillas que la hacían parecer más joven.

–¡Ven! –le dijo Senoia a su hija con entusiasmo. La llevó a su laboratorio en el semisótano de la casa y le pidió que se sentara en la camilla.

Senoia siempre se había sentido fascinada por la naturaleza desde niña cuando escuchaba las historias de su abuelo sobre la Madre Tierra y el Padre Cielo, y cómo todas las criaturas están interconectadas. Además, el gran espíritu y sus antepasados siempre estaban presentes en sus rituales y meditaciones. Sus raíces nativoamericanas le dieron la percepción para ser reflexiva y consciente del medio ambiente. Su inteligencia y curiosidad le dieron el empujón para investigar, indagar y buscar la conexión científica entre las emociones y el cuerpo físico.

Senoia estaba conmovida; tenía la misma mirada que cuando descubrió que las emociones estaban presentes en el cuerpo. Había probado la existencia de las moléculas de la emoción. Pero tenía que encontrar las palabras para explicarle a su hija lo que pensaba que le estaba pasando. Normalmente intentaba evitar términos técnicos de su discurso, pero en este caso quería ser precisa. Así que empezó con lo básico de su investigación:

–Los receptores se asientan en la superficie de nuestras células corporales –explicó la doctora Wind-Smith–. Las neuronas, las células del cerebro, tienen millones a su alrededor. Estos receptores actúan como sensores y escáneres diminutos y esperan pacientemente por la clave química exacta que se ajusta a ellos, igual que una llave que se hace solo para encajar en una cerradura en particular.

Wind intentaba seguir la explicación mientras su madre se proveía de su material.

–Las llaves químicas más comunes son los neuropéptidos –Senoia continuó–. Después de que un péptido encaja en el receptor entrega su mensaje químico a la célula, lo que puede provocar cambios inmensos en la célula, tanto positivos como negativos. Las emociones son estos mensajes que transportan los neuropéptidos.

Wind podía percibir la excitación en la voz de su madre. Aunque para Wind era un poco más complicado de entender, llegó a la conclusión de que las emociones podían afectar físicamente al cuerpo.

Senoia continuó.

–He estado intentado probar la creencia de nuestros antepasados de que la destrucción de la Madre Tierra destruirá a la humanidad. Mi teoría es la siguiente: En los últimos veinte mil años, el *Homo Sapiens* no ha evolucionado. En los últimos mil años, al aumentar la población de seres humanos de forma exponencial, la autodestrucción de la especie y medio ambiente con guerra tras guerra ha aumentado también hasta el límite de la extinción. En la historia de la evolución humana, una especie se extingue al tiempo que surge otra. La nueva etapa, según mis estudios, es el *Homo Conscious*, que significa 'humano que es consciente'; consciente de que su *cuerpomente* es un único ente y consciente que cada cuerpomente está conectado a cada uno de los demás cuerpomentes. Además, el consciente y el subconsciente se comunican.

Senoia estaba preparando un electrocardiógrafo para comprobar el estado del corazón de Wind. Quería asegurarse de que toda esta excitación no le estaba provocando demasiado estrés a su hija. Le pidió que intentase relajarse.

–Esta consciencia hará que la especie evolucionada se de cuenta de que la única manera de sobrevivir como especie es por medio de la comunicación, la colaboración y el respeto entre todas y cada una de las especies en su medio ambiente –Senoia siguió con la explicación–. El *Homo Sapiens* decaerá y se autodestruirá. ¿Cómo será la evolución a la siguiente etapa? Los seres humanos dejarán de reprimir sus emociones y al expresarlas de forma positiva y constructiva, se sentirán libres, liberados por primera vez en sus vidas, y el deseo de destrucción, posesión y avaricia desaparecerá.

Wind abrió los ojos con incredulidad.

–¿Podría ser posible, en serio? Si es así ¿Cuánto tiempo llevará? Y ¿Por qué no ha pasado antes? –preguntó Wind.

Senoia no respondió enseguida. Se quedó pensativa. «¿Era posible que esto fuesen solo teorías en su cabeza? ¿Había pasado demasiado tiempo en su laboratorio inmersa en sus pensamientos en vez de investigar casos reales en el mundo real?».

Senoia intentó disipar sus dudas de la mente y recuperar el hilo de sus pensamientos

–La forma apropiada de descargar la ira, el miedo, la culpa, la tristeza, la alegría, el placer, restablece el flujo natural de la energía en nuestros cuerpos y hará a los seres humanos conscientes de que el cuerpo y la mente son uno y que el consciente y el subconsciente se pueden comunicar.

Wind estaba sorprendida y entusiasmada con la teoría de su madre y con el material que estaba utilizando. Ahora iba a utilizar un aparato para registrar su actividad cerebral, un electroencefalógrafo. Otro paso en una serie de pruebas para confirmar su teoría.

Senoia estaba ilusionada con las preguntas de su hija sobre su investigación. Eso le hacía ser más crítica consigo misma, algo esencial en una buena científica. Tenía que cuestionarse su trabajo constantemente. Continuó:

–Socialmente se cree que debemos reprimir nuestras emociones. Concepto totalmente erróneo y de los más dañinos. La ira, la tristeza y la culpa no son emociones negativas y la excitación, la alegría y el orgullo no son positivas. Las reacciones a estas emociones son las que son o negativas y destructivas o positivas y constructivas. Cómo reaccionamos a esas emociones es lo que hace la diferencia en nuestra salud y bienestar. Cuando la mayoría de nuestras reacciones son negativas y destructivas, nuestro sistema inmunológico sufre y enfermamos física, mental y emocionalmente. Por otro lado, cuando la mayoría de nuestras reacciones son positivas y constructivas, la energía fluye libremente en nuestro cuerpomente, por tanto, nos mantenemos fuertes y saludables. Pero el daño mayor se produce cuando reprimimos esas emociones. La energía de estas emociones reprimidas se queda atrapada en la mente y el cuerpo y se infecta, a menos que esas emociones se liberen y regresen a nuestro consciente.

Senoia ayudó a Wind a incorporarse de la camilla. Habían terminado con las pruebas por hoy.

–Desde que tu hermana y tú erais muy pequeñas –dijo la Dr. Wind–, os he estado enseñando a no reprimir vuestras emociones. Por eso la energía fluye en ti y eres tan perceptiva de las emociones de los demás. Yo nunca había predicho cómo la próxima etapa iba a comenzar, pero ahora creo que se transmitirá a través de personas como tú, que trasmitirán su flujo fuerte de energía a otras personas.

Wind abrió los ojos pasmada y observó sus propias manos sorprendida.

–En el caso del hombre que murió a tus pies, como respuesta a la reacción inconsciente de lucha o fuga que produce una gran cantidad de adrenalina en el cuerpo cuando hay peligro, tu cuerpo envió una fuerte onda de energía emocional a tu atacante cuando te sentiste en peligro. Su cuerpomente inconsciente no estaba preparado para recibir una onda tan fuerte de energía para liberar sus emociones reprimidas, así que murió probablemente de un infarto.

Inconscientemente, Wind puso su mano derecha sobre su corazón y en silencio siguió escuchando a su madre.

–En el caso de tu hermana Rain, ella no es tan intuitiva como tú y no está en contacto con sus emociones tanto como tú. Es mayor que tú y al ser una adolescente está perdiendo su confianza en sí misma. Por ser menos consciente no estaba lista para recibir tu energía, aunque sus emociones no están tan reprimidas como estaban las de tu atacante, por eso solo recibió un pequeño calambre.

Wind inclinó la cabeza mientras miraba a su madre y la aguantó con su mano derecha, y el codo lo apoyó sobre el muslo. Suspiró profundamente y deseó que su hermana liberase sus emociones y recuperase su confianza, pero no dijo nada. Quería que su madre le contase todo sobre su teoría.

–En el caso de tu amiga Wesley, no tiene las emociones reprimidas y todavía no ha perdido la sabiduría innata que los adultos pierden al hacerse mayores. Así que la onda de energía se transmitió junto con toda tu intuición, visión y consciencia. Por lo menos, eso es lo que yo sentí cuando te di las manos. ¿Ves ahora la conexión entre lo que te pasó y mi teoría?

–¿Me estás diciendo que los seres humanos están evolucionando en una nueva especie gracias a mí? ¡No puede ser! –dijo Wind.

–Lo que ahora veo y con lo que me siento suficientemente segura de predecir es que, si esta onda de energía transmite la consciencia de la conciencia, necesaria para evolucionar, a través del tacto, es cuestión de poco tiempo antes de que el proceso de una nueva evolución sea una realidad. Y, si no estoy equivocada, la clave está en los más jóvenes, antes de empezar la pubertad, no más tarde de cumplir los diez años.

–¿Así que seremos nosotros los niños los que lo cambiaremos todo? ¿Qué pasará si la gente no cambia? ¿Morirán como mi atacante?

–No sé, Wind. Es demasiado pronto para saberlo. Tenemos que esperar a ver qué pasa. Tal vez el fuerte flujo de tu energía cesará a medida que baja tu nivel de protección, o tal vez continúes difundiendo la consciencia a medida que tocas a la gente.

–Chicas ¿Estáis ahí abajo? –Alex Smith las llamaba desde arriba–. Os estaba buscando. –Entró en el laboratorio mirando con curiosidad– ¿Qué estáis haciendo aquí a estas horas? Creí que ya habías terminado por hoy, Cariño. –Miró a su mujer, después a su hija y de nuevo a su mujer. Su sonrisa cambió a una mirada de preocupación– ¿Qué es lo que yo todavía no sé?

Wind miró a su madre, quien asintió con la cabeza, dando su aprobación. Wind bajó de la camilla y caminó hacia su padre. Sin decir una palabra, ella le alcanzó las manos y le miró directamente a los ojos. Dos segundos más tarde ambos sintieron la onda con la que Wind ya estaba familiarizada. Alex abrió la boca ligeramente para coger aliento y ensanchó sus ojos azul brillante sin soltarse de las manos de Wind. Respiró hasta lo más hondo y se relajó completamente.

– ¿Qué acaba de pasar? –susurró.

–¡Mamá! Esta vez la sentí más fuerte. Creo que la onda aumenta a medida que la paso más y más –dijo Wind emocionada.

–¿De qué estás hablando? –preguntó su padre–. ¿Puedes explicármelo, por favor?

4

Investigación

Contra todo pronóstico, Senoia Wind-Smith se convirtió en lo que siempre quiso ser: una científica de investigación, y estaba de camino a ser testigo de una evolución inmediata del ser humano. Nunca podría haberse imaginado que fuese a ser tan repentino y tan pronto.

Sus antepasados por parte paterna habían sido parte de los primeros escoceses que llegaron al nuevo mundo. De los pocos que convivieron con los nativoamericanos, aprendieron sus costumbres, y respetaron su forma de vida, a diferencia de sus vecinos, que robaron, masacraron, y confinaron a los habitantes del nuevo mundo.

Sus antepasados de parte materna eran todos cherokee.

Cuando Senoia era más joven, se esperaba que se quedase en la reserva cherokee donde había crecido para seguir el legado y tradiciones de sus antepasados, pero el tirón de la ciencia era demasiado fuerte. Ella tenía mucha curiosidad por saber más, por descubrir lo que nadie había descubierto antes: cual era la siguiente etapa en la evolución humana.

Una vez terminado su doctorado, Senoia Wind hizo lo que no sólo era aceptado sino muy respetado: se unió a un hombre de origen escocés. Esta era la segunda mejor elección, después de un compañero de sangre cherokee. Conoció a Alex un verano en una celebración tradicional cherokee-escocesa en Georgia, donde estas dos comunidades se reunían una vez al año.

Cuando conoció a Senoia, Alex era un joven atractivo, alegre e inteligente. Había estudiado ingeniería mecánica y de ciencias ambientales. Su sueño era construir el primer vehículo «verde» del mercado que, no solo no contaminase, sino que, al mismo tiempo que funcionaba, transformase el dióxido de carbono en oxígeno, como si fuese una planta o un árbol. Un vehículo que contribuiría a la sostenibilidad del planeta.

Los antepasados de Alex habían emigrado de Escocia después de que los ingleses destruyesen su forma de vida en el siglo XVIII y se instalaron en Carolina del Sur. Alex estaba muy orgulloso de su origen escocés y encontraba mucha afinidad con la comunidad nativoamericana.

Cuando Alex y Senoia se cruzaron en el camino, sus miradas se encontraron, se sonrieron y se reconocieron uno en el otro. Podría parecer como algo que solo pasaba en las películas románticas, pero fue mágico. Empezaron a hablar, se presentaron y después de diez minutos de conversación, sentían como si se conociesen desde siempre. Tenían tantas cosas en común. Iban caminando cuando se cruzaron con una anciana cherokee que se detuvo ante ellos cortándoles el camino. Les tomó las manos y les dijo que ya se habían conocido en otra vida y que se pertenecían uno al otro.

Senoia y Alex vivían y trabajaban en el mismo estado. Estaban casi en ciudades vecinas por lo que fue muy natural para ellos empezar a verse con asiduidad y al poco se fueron a vivir juntos después de que Alex le dijese a Senoia: «¿Qué me dirías si te dijera que te quiero? ¿Te puedo decir que he sabido desde el momento en que te conocí que ibas a ser la madre de mis hijos?» Senoia sonrió, lo abrazó y lo besó durante lo que pareció mucho tiempo. Unos años más tarde construyeron la casa que sería para su familia, Rain y Wind.

La doctora Wind-Smith quería que sus hijas mantuviesen la tradición cherokee en sus nombres. Debido a que solo adoptarían el apellido del padre, nombraron a sus hijas *Rain*, "Lluvia" y *Wind*, "Viento" como símbolos de los poderes de la naturaleza.

Aunque Senoia era científica y la mayor parte de su vida estaba dedicada a su investigación en el laboratorio, seguía las tradiciones y costumbres cherokee con la mayor frecuencia posible. Cada fin de semana que les era posible, visitaban a sus familiares en la reserva para que sus hijas pudieran estar en contacto con su cultura. La madre de Senoia, Ulisi Sequoia, (Rain, "Lluvia" y Wind, "Viento" la llamaban Ulisi, 'abuela' en cherokee) vivía con ellos y les enseñaba a las niñas la lengua de sus mayores, así como rituales, leyendas y meditaciones para conectar con el gran espíritu y sus antepasados.

La herencia escocesa también estaba muy presente en sus vidas. Desde muy niñas, a Rain y a Wind, Alex les había hablado y leído cuentos y leyendas en gaélico en cada ocasión posible, y mantenían conversaciones enteras en la lengua celta. Así que Rain y Wind hablaban inglés, gaélico y cherokee. A la hora de la cena, la familia Smith se podía comparar con un grupo de diplomáticos de la ONU, la única diferencia era que ellos no necesitaban intérprete. Todos intercambiaban los tres idiomas constantemente. Era un espectáculo digno de ver.

Así que cuando llegó el momento de contarle a Alex la mejor de las noticias, Senoia se paró a pensar con cuidado las palabras en cherokee, gaélico e inglés para que pudiese comprender la magnitud del asunto. Sin embargo, no necesitó muchas palabras. El idioma no importaba. La energía y la emoción en el laboratorio eran tales que Alex no necesitó muchas explicaciones. Todo le quedó claro como el agua después de que Senoia le hubiera dicho que estaba comprobando su teoría y después de sentir la onda de energía de las manos de Wind.

Alex sabía lo importante que era para Senoia su investigación. Era la pasión de su vida y se sintió muy feliz por ella y, aunque emocionado, también se sentía un poco preocupado sobre como este nuevo capítulo en sus vidas iba a desarrollarse. Su familia era lo más importante en su vida y de ninguna de las maneras quería que estuviesen en peligro. Alex era un hombre alto, fuerte y corpulento con una sonrisa amable cuando estaba contento, pero mostraba un profundo entrecejo fruncido cuando estaba preocupado. Ahora se le marcaban esas dos líneas profundas entre las cejas y miraba pasmado las manos de Wind. Sintió la conexión y consciencia inmediatamente, aunque también una necesidad abrumadora de proteger a su familia de lo que se les venía encima: resistencia de los ignorantes, rechazo de los que estaban en el poder y desaprobación de aquellos a los que no les gustaba el cambio. Alex sabía lo inmersa que Senoia estaba en su investigación y probablemente no le dedicó un segundo de su pensamiento a la resistencia que iba a encontrar.

Por eso tenía que ser él el que les cubriese las espaldas. Todavía no sabía cómo iba a hacerlo, así que no tenía tiempo que perder.

–Ha sido un día largo. Vamos a prepararnos para ir a la cama, Wind –le dijo Alex a su hija y subieron juntos a la habitación.

Senoia se quedó un rato más en el semisótano analizando la situación en su cabeza. Para ella ahora la cuestión más apremiante era descubrir por qué Rain no había sentido lo mismo que ellos. Quizá necesitaba más tiempo agarrada a las manos. Tal vez el calambre no tenía nada que ver con lo que Wind podía transmitir con su energía. Lo intentarían otra vez. Además, Senoia quería comprobar si ella, a su vez, podía también transmitir la consciencia de conciencia, igual que Wind se la había pasado a ella. Senoia fue a la habitación de Rain. Su hija mayor estaba en la cama con los auriculares puestos escuchando música. Tenía la cabeza inclinada hacia abajo y no la vio entrar en el dormitorio.

Senoia le puso la mano sobre el hombro suavemente, pero, aun así, Rain se sorprendió del contacto. Rápidamente sacudió la mano de su madre de su hombro. Se sacó los auriculares y miró a su madre con un gesto de fastidio.

Giró la vista y dijo –¿Ahora qué? Aún no es hora de dormir.

–Solo quería charlar un rato contigo, Rain. No hemos pasado mucho tiempo juntas últimamente así que solo quería comprobar cómo estabas. ¿Alguna novedad?

–Conmigo no. Es Wind la que está comportándose de forma rara. ¿Qué es lo que le pasa? ¿No ha tenido ya bastante atención? ¿Necesita más?

–Rain, sabes que vosotras dos sois lo más importante en mi vida y la de tu padre, ¿Verdad?

–Lo sé… ¿Ya terminaste de trabajar en tu laboratorio? ¿Qué es lo que haces allí durante tantas horas?

–Ese era otro de los motivos por lo que quería hablar contigo. He estado trabajando para probar esta teoría y algo que sucedió puede probar que mi teoría es probablemente correcta.

–¿Qué teoría? ¿Qué ha ocurrido? –preguntó Rain.

Rain se había enfrentado bastante a su hermana Wind últimamente, por lo que Senoia le contó lo básico de su teoría y el desarrollo de acontecimientos recientes, excluyendo que Wind era la que lo había precipitado.

–¿Rain, puedes darme las manos y decirme qué es lo que sientes? –su madre le preguntó antes de contestar a sus preguntas. Rain asintió con la cabeza y agarró las manos de su madre. Un escalofrío le recorrió los hombros y la espalda, luego le bajó por las piernas.

–Estoy sintiendo escalofríos. ¿Es esto lo que se supone que debo sentir?

–No estás supuesta a sentir nada en particular. Todos somos distintos y cada uno tenemos emociones y reacciones distintas. ¿Puedes describir cómo te hace sentir? ¿Alguna emoción o sensación? ¿Es agradable o incómoda?

–Bueno, es como cuando me coge el frío y se me pone la piel de gallina. Me hace temblar, pero sin la sensación de frío. No está mal. Es más o menos agradable, en realidad, como cuando estiro los brazos y las piernas por la mañana, y me hace sentir relajada.

–Vale, está bien. ¿Es esta la primera vez hoy que sientes estos escalofríos? ¿Has tocado a alguien antes hoy?

Rain se paró a pensar durante unos segundos. –Bueno, Wind me agarró antes hoy, y el escalofrío fue más fuerte, más como un calambre. ¿Por qué, Mamá? ¿Por qué me preguntas esto? ¿Por qué tu contacto o el contacto de otra persona me haría sentir algo en particular? No entiendo. ¿Me pasa algo malo? ¿Estoy electrizada o algo así? ¿Tú sientes lo mismo que yo?

–Rain, todos tenemos energía que nos recorre por el cuerpo. La de algunos es más fuerte que la de otros; unos la sienten más que otros. Cuanto más fuerte sea la energía, mejor comunicación hay entre el cuerpo y la mente y viceversa. Cuando esa energía es fuerte, incluso se la puedes transmitir con el contacto a otros, y a veces incluso solo con el pensamiento. Y a veces los demás están preparados para recibirla y hay veces que no.

–¿Qué pasa si no están preparados? –preguntó Rain asustada.

–Podrían no estar listos porque sus cuerpos o mentes están débiles, así que la energía fuerte les puede dar un calambre, como te pasó a ti antes, o incluso un infarto –dijo Senoia, intentando no sonar dramática.

–¿Cómo es que sabes todo esto, Mamá?

–He estado estudiando la energía del cuerpo humano durante mucho tiempo y he llegado a algunas conclusiones últimamente. Pero no tengo nada probado todavía así que me gustaría que no dijeses nada ¿Vale? Hoy has recibido alguna energía fuerte de mí y de Wind, que no sabe de quién ni de dónde la ha recibido y todavía no sabemos cómo vas a reaccionar a ella. Tampoco sabemos si se la pasarás a las personas que tocas. Así que no digamos nada hasta que lleguemos a una conclusión más precisa ¿Vale?

–Vale, Mamá. ¿Le hice daño a Wind antes? Mi intención no era empujarla. Simplemente reaccioné al sentir el calambre. Ahora me siento fatal.

–No te preocupes por eso. Ella está bien. Pero mantener la distancia para que no sintáis otro calambre otra vez. Vamos a ir despacio con esto. Ahora a dormir. Hablaremos más sobre esto mañana. Te quiero, Cariño. Que tengas buenas noches.

Senoia la besó en la sien derecha, le acarició la mejilla y la arropó en la cama. Pensó que mañana sería un día largo. El primero en una nueva etapa de su investigación.

5

Abre el Corazón

Rain tuvo un sueño aquella noche. Iba en el autobús escolar de camino a su colegio de Secundaria. Estaba lloviendo. Al llegar bajó del autobús y se dirigió a la entrada principal del colegio. Los demás estudiantes corrían en la misma dirección para evitar mojarse con la lluvia. Ella sabía que la iban a empujar y mantuvo las manos en los bolsillos. No quería tocar a nadie. Cuando llegó a la entrada, tenía que mantener la puerta abierta para entrar. Agarró la manilla, miró hacia atrás para comprobar que no tenía a nadie demasiado cerca. Vio a Jennifer Harris, la más popular de Octavo, justo detrás de ella, que la miró de arriba abajo, y paró a la altura de sus ojos, observándola con una mirada desafiante. Rain bajó la vista y siguió caminando. En el momento de soltar la puerta, la mano de Jennifer le tocó su mano. Jennifer sintió un calambre y saltó para atrás con un gritó y dijo: «¡Aléjate de mí, bicho raro! ¿A ti qué te pasa?». Rain entró corriendo en el colegio y se fue directamente al baño, aunque no le habían dado permiso para ir. «¿Qué es lo que me está pasando? ¿Por qué soy diferente? Yo no quiero esto. ¡Quiero ser invisible!», pensó ella. Empezó a llorar en el baño. Lloró y lloró.

Hasta que despertó. Todavía estaba oscuro fuera. Se levantó y fue al dormitorio de Wind. Rain abrió la puerta despacio para no despertar a su hermana. Se sentó en el suelo, al lado de la cama, vio cómo Wind dormía plácidamente y recordó lo divertido y fácil que todo era cuando tenía su edad. Su madre le había dicho que no tenía que preocuparse y parecía calmada y convencida, pero Rain podía ver la excitación en sus ojos. Nunca había entendido en qué consistía el trabajo de su madre. En realidad, nunca había mostrado interés por descubrirlo. Siempre parecía tan complicado. Rain sintió un escalofrío que le subía por los brazos. Se levantó y volvió a su cuarto. Se metió en la cama, se giró hacia el lado de derecho, se acurrucó y abrazó la almohada e intentó dormir.

Por la mañana Wind despertó con el sonido de su alarma a las siete en punto. Se sentó en la cama y estiró los brazos hacia arriba. Abrió los ojos y vio a su hermana observándola sentada a los pies de la cama con la mochila a la espalda.

–¿Fuiste tú la que me diste el calambre ayer, o te lo di yo a ti? –le preguntó Rain.

En principio Wind no dijo nada. «¿Podía confiar en su hermana y contarle lo que había pasado el día anterior? ¿Y si iba a contárselo a sus amigas?». Wind decidió contraatacar con otra pregunta.

–Sé que Mamá fue a hablar contigo anoche. ¿Qué fue lo que te dijo? Deberías hablar con ella. Ella es la que sabe.

–Me estás ocultando algo. Lo sé. Te conozco demasiado bien. ¡Tú no me engañas! –Rain alzó la voz.

–Rain, no sé de qué me estás hablando. Déjame en paz. Me tengo que preparar para ir a clase. Estás siendo paranoica. –Wind salió de la habitación y fue al cuarto de baño para alejarse de su hermana. Rain perdería el autobús escolar si no se iba pronto.

–Me voy a enterar antes o después. ¡Sé que tengo razón! –gritó Rain para que Wind pudiese oírla al otro lado de la puerta del baño.

Wind no respondió y oyó a su hermana bajar las escaleras, y después, la puerta principal abrirse y cerrarse.

Wind se vistió rápidamente y bajó a desayunar. Estaba nerviosa.

–Mamá, tengo la sensación de que estoy supuesta a transmitir esta energía. Pero ¿Qué pasa si sale mal? ¿Qué pasa si la gente se enfada como hizo Rain o alguien se cae muerto? Eso sería horroroso –le dijo Wind a su madre mientras esta le preparaba el desayuno.

–Bueno, –Senoia se paró a pensar– si te mantienes cerca de tus amigas y amigos, niñas y niños como tú, estoy bastante segura de que irá bien. La energía y la consciencia de los niños todavía están muy conectadas a su cuerpomente.

–¿Hmm? –Wind parecía desconcertada.

–La cultura occidental en la que vivimos asume que el cuerpo y la mente están separadas, y que no se comunican. Las culturas orientales e indígenas, sin embargo, saben que el cuerpomente es uno; por eso se llama cuerpomente. No podemos separar uno de la otra. Los niños son más conscientes de esta conexión que los adultos porque, a medida que nos hacemos mayores las reacciones negativas al miedo, la ira, la culpa construyen una pared que divide y rompe la conexión entre el cuerpo y la mente. Por eso la gente siente calambres o, peor aún, ataques al corazón. Si te mantienes alejada de niños y adultos que muestran una actitud negativa o se enojan con facilidad, o crees que puedan actuar así, deberías estar bien. Así que no te acerques a niños abusones y a adultos como la secretaria de la escuela hasta que veamos qué sucede.

Después del último bocado del desayuno, le dio un beso a su madre y se despidió. Sus amigas llegarían a su casa pronto. Desde que estaba en Quinto le permitían ir caminando al colegio siempre que fuese acompañada de Wesley y su otra amiga Wendy. Las tres amigas vivían en el mismo vecindario, a cinco manzanas del colegio. Todos los días Wendy y Wesley se encontraban en casa de Wind, la más cercana al colegio, y las tres caminaban juntas. Wind se preguntó si Wesley le habría dicho a Wendy de camino a su casa lo que le había pasado a Wind el día anterior.

Sonó el timbre. –Están aquí –dijo Wind –Adiós, Mamá, te quiero. – Wind besó a su madre una vez más. Wind corrió a la puerta y la abrió. En cuanto miró a sus amigas, ya supo que Wendy sabía la historia. Las tres extendieron los brazos e hicieron un círculo. Echaron unas risillas mientras sentían unos escalofríos por los brazos. Wind pensó, «esto va a ser emocionante. Pase lo que pase estamos juntas en esto».

Corrieron a la acera y se fueron dando saltitos cogidas de la mano e interrumpiéndose unas a las otras entre risas. Wind les contó brevemente la teoría de su madre sobre la transmisión de energía a través del contacto.

–Entonces, ¿Qué va a pasar ahora? –dijeron Wesley y Wendy al mismo tiempo–. ¡Gafe! –dijeron las dos otra vez–. ¡Doble gafe! –Ambas se rieron.

–Wesley, Wesley, Wesley. Wendy, Wendy, Wendy –dijo Wind para parar el juego–. Mi madre dice que actuemos como si nada y que sólo deberíamos tocar las manos de nuestras amigas y amigos y los niños que son majos y agradables y esperar a ver qué pasa.

Fueron saltando todo el camino hasta llegar al colegio. Wind imaginó qué pasaría cuando la gente empezara a tener paz en sus corazones y cómo transformaría por lo menos su ciudad. Si los niños que recuperaban la consciencia de su conciencia hoy, llegaban a casa y abrazaban a sus padres, estos también se transformarían, quien, a su vez, se irían a trabajar y se lo pasarían a las personas con las que trabajan, dándoles la mano, y estos a sus hijos y así sucesivamente.

–¿Y si hacemos un juego de palmas para que no sea tan obvio y lo pasamos en el recreo? Quizás los niños confundan lo divertido que es con el flujo de energía que van a sentir –sugirió Wendy.

–Es muy buena idea, Wendy. Podemos idear distintas palabras para el juego de palmas –dijo Wind–. Las palabras no pueden desvelar demasiado para no descubrirnos. Debe ser un juego con un significado oculto. ¿Qué os parece algo así? –Wind empezó a cantar de forma improvisada:

Abre tu corazón, abre tu corazón
Cuando me das tu mano.
Somos todos hermanas y hermanos
Todos podemos disfrutar.
Pásalo, pásalo
No pares aquí
Sabes que lo que estás sintiendo
Es tan real como tus miedos.
Pero al seguir jugando
Tus miedos se van a disipar
Para no volver nunca más.

–Bueno, ese mensaje está bastante claro; es genial. ¡Me encanta! –dijo Wesley–. No tenemos que decir que lo inventamos nosotras. Podemos decir que lo vimos en YouTube, y de esa manera no llamaremos la atención.

-Tiene razón Wesley -dijo Wind-. Es bastante obvio pero las palabras me vinieron de forma tan natural que no quiero ignorarlo. -Miró al cielo y vio un grupo de nubes grises oscuras bastante bajas que avanzaban sobre sus cabezas-. Esperemos que no llueva cuando sea hora del recreo o nos tendremos que quedar en el aula.

-Vale, ya llegamos -dijo Wendy-. Hablamos y practicamos más tarde. Mientras tanto disimulemos y mantengamos las manos en los bolsillos por si acaso. Vamos, ya está sonando el timbre.

6

Colegio

Las horas hasta el momento del recreo pasaron muy lentamente, sobre todo cuando empezó a llover y la profesora recordó a la clase los pasos y procedimientos del proyecto de ciencias que tenían que seguir. Wind no podía concentrarse ni en una sola palabra que decía la profesora en toda la mañana y no paraba de mirar por la ventana para ver si las nubes empezaban a disiparse. De vez en cuando Wesley, Wendy y Wind compartían miradas cómplices. Hasta ahora nadie había notado nada. Era como cualquier otro día de clase, pero las tres amigas sabían que algo muy mágico iba a suceder.

Faltaban treinta minutos para el recreo cuando paró de llover. Justo a tiempo para que la directora decidiese si los niños se quedaban en la clase o salían al patio. Las tres niñas se miraron con alivio cuando por los altavoces la directora anunció que podían salir.

De camino a la cafetería, las tres iban en una fila con el resto de la clase. Cogieron las bolsas del almuerzo cuando ya estaban sentadas en una mesa, y comieron en silencio, masticando tan rápido como les permitían sus mandíbulas. Wendy fue la primera en terminar y le dio una patada a Wind por debajo de la mesa. Wind asintió y terminó su último bocado. Wesley siempre comía muy despacio pero hoy no iba a hacer esperar a sus amigas. Puso la mitad del bocadillo en su bolsa del almuerzo y se levantó.

Las tres sabían exactamente a dónde tenían que ir, sin decir una palabra. Todas corrieron al rincón derecho del fondo del patio. Era un punto soleado, pero había un gran roble al lado con la sombra perfecta en caso de que pasasen calor y quisieran refrescarse. Aunque era ya septiembre, algunos días todavía hacía bastante calor y al haber llovido por la mañana, habría también humedad.

Los monitores del recreo no iban hasta los rincones del fondo del patio. Observaban a los niños desde una distancia, por lo tanto, si las chicas querían hablar sobre su plan, los monitores no las escucharían. Esta vez querían llamar la atención de los otros niños, así que se quedaron un poco más cerca. Utilizando el mismo ritmo que el juego de palmas, hicieron un círculo y comenzaron a practicar la canción. Una vez dominaron el juego, cantaron un poco más alto para que las escuchasen los niños que estaban más cerca.

Cada vez que se inventaba o se descubría un juego nuevo en el patio del colegio, la mayoría de los niños se interesaban y querían aprenderlo. Poco a poco cada vez más niños se reunieron alrededor de las tres niñas, y estas abrieron el círculo para dejar que los niños y niñas se unieran y lo aprendieran. Al ir aprendiendo el juego, más niños hacían nuevos círculos, y luego, más y más círculos se formaron hasta ocupar todo el patio de la escuela. En menos de nada, el patio entero estaba lleno de círculos de niños y niñas jugando y cantando en harmonía. Wind podía sentir la energía en el aire, y el juego 'Abre tu corazón' se estableció como el nuevo juego más popular del colegio.

Sorprendentemente, y para el deleite de las tres amigas, ninguno de los niños recibió calambres mientras jugaba. Todos parecían satisfechos, y la mayoría de ellos respiraba profundamente y se reía de forma espontánea, como si una gran carga se le hubiese aliviado del pecho. Todos estaban disfrutando tanto que ninguno de ellos se dio cuenta de quién lo había comenzado, por lo que las tres amigas ni siquiera tuvieron que inventarse una historia.

Sonó el timbre. El recreo había terminado. Todos y todas dejaron de jugar, e inconscientemente, se dieron las manos e hicieron una fila que recorría todo el perímetro del patio del colegio y en silencio entraron en el edificio. La escuela nunca había estado tan tranquila y pacífica después del recreo. Generalmente los niños y niñas hablaban y bromeaban unos con otros de camino a sus aulas, pero no hoy. Los monitores del recreo estaban gratamente sorprendidos del silencio, aunque, al mismo tiempo, también estaban confundidos por lo poco habitual que era. Cuando los niños llegaron a sus clases, se miraron unos a otros reconociendo su secreto mutuo.

El día iba mucho mejor de lo que las tres amigas habían anticipado. Les parecía que todas sus compañeras y compañeros de colegio les seguían el ritmo. Otra vez, igual que había sucedido con la madre y el padre de Wind, Wesley y Wendy, nadie necesitaba una explicación. Parecía que comprendían la consciencia de la conciencia y el poder de su energía interior. Esto era estupendo porque significaba que la fuerza de la energía no disminuía al transmitirla de unos a otros.

El recreo había sido muy efectivo, pero sólo habían estado los cursos de Quinto, Cuarto y Tercero. El recreo escolar estaba dividido en dos períodos: primero los cursos altos y después los cursos bajos. Wind, Wendy y Wesley estaban en su aula cuando Wind les pasó una nota a Wesley y a Wendy. Decía: «Tenemos que transmitirlo a los más pequeños. Tenemos que salir, volver a la cafetería y enseñarles el juego ¿Cómo distraemos a los monitores?».

Wind y Wesley notaron que Wendy estaba pensando. Siempre era ella la que ideaba un plan A, B y C y todas las estrategias posibles para que todo saliese perfectamente. Era la más delgada y de menor estatura de las tres, pero no por eso la menos valiente. Era muy inteligente y rápida para ocurrírsele ideas, sobre todo relacionadas con juegos y cosas divertidas. «Patrulla de seguridad», escribió Wendy.

–Profesora J., a Wesley, a Wind y a mí nos asignaron ayudar a los de Infantil en la hora del almuerzo. ¿Podemos irnos? –le preguntó Wendy a la profesora.

–Sí, claro, adelante –dijo la profesora.

De camino a la cafetería se les ocurrió el plan. Ayudarían a los de Infantil con el almuerzo y, en cuanto los monitores estuviesen distraídos, les enseñarían el juego. Una en cada mesa desde Infantil hasta Segundo curso. Antes de que se diesen cuenta, todos estarían jugando el juego. Las tres amigas desearon que fuese tan efectivo como lo había sido con los de Tercero, Cuarto y Quinto. El juego era suficientemente fácil para que lo aprendiesen los pequeños, así que no estaban preocupadas.

Las chicas entraron en la cafetería y se dispersaron. Cada una fue a un monitor distinto para decirles que estaban allí como patrulla de seguridad. Los monitores no sospecharon nada. ¿Por qué habrían de hacerlo? Se fueron todos para un rincón y se pusieron a hablar entre sí.

Wesley fue a una mesa de Infantil, Wendy a una de Primero y Wind a una de Segundo. Mientras ayudaban a los niños a abrir sus bolsas del almuerzo y sus bebidas, les susurraban la letra de la canción y les enseñaban el juego de palmas con discreción. Wendy era la que estaba más cerca de la puerta de la cafetería. Sintió una mano sobre su hombro y se puso rígida de forma nerviosa, como si la hubiesen pillado haciendo algo mal. Era la señora Pye, la directora del colegio. Era la persona más desagradable que nadie pudiese conocer. Además, tenía dos caras. Era muy amable y cortés con los adultos, especialmente los padres y maestros, pero cuando se quedaba a solas con los alumnos, era la persona más ruin y maleducada y sacaba las cosas de quicio. Una vez, una niña de Primero se enfermó después de que la profesora la enviase al despacho de la directora. La pobre muchacha vomitó sobre el suelo y su propia ropa. La señora Pye le dijo que fuese a buscar al bedel, traer un cubo y una fregona y limpiar el suelo ella misma. Después la directora llamó a sus padres para que la fuesen a buscar y no la dejó ni ir al baño a limpiarse un poco. Tuvo que esperar en la enfermería sin moverse de allí hasta que la recogiesen. Por supuesto, cuando los padres llegaron, la señora Pye le deseó que se recuperase pronto con la mayor de las sonrisas, más que fingida.

Wendy no se movió cuando oyó: –Wendy Lee ¿Qué estás haciendo aquí? Esta no es tu hora del almuerzo. ¿Quién te dijo que podías estar aquí a esta hora?

Tenía que pensar con rapidez para asegurarse de que no perjudicaba ni a ella ni sus amigas. –Wesley, Wind y yo nos ofrecimos para ayudar a los pequeños con el almuerzo. Los monitores nos dijeron que estaba bien –dijo Wendy tratando de sonar convincente.

–Estos niños ya no necesitan ninguna ayuda, quizás los alumnos de Infantil que acaban de empezar en la escuela, pero los de Primero y Segundo son capaces de hacerlo por su cuenta. Así que tu trabajo aquí ya ha terminado. Diles a tus compañeras que se marchen contigo.

Su plan acaba de sufrir el primer contratiempo. Volvieron al aula donde tendrían que esperar y ver si los niños que habían aprendido el juego podrían enseñárselo al resto de los alumnos. Cuando los niños habían terminado de comer y estaban listos para salir al patio, tres de cada mesa sabía el juego y estaban preparados para enseñárselo a los demás. Las tres niñas tenían la esperanza de que funcionase.

Tan pronto como acabaron las clases, Wind, Wesley y Wendy salieron corriendo del aula para irse para casa. Habían llegado casi al despacho de la directora, enfrente a la entrada principal del colegio, cuando salió de él la señora Milkman, la secretaria. Giró sin mirar y le dio una patada con uno de sus zapatos de tacón horrendos a Wind en la canilla derecha que la hizo caer al suelo. Wind se agarró la pierna y se frotó la zona del golpe para aliviar el dolor. Como era de esperar, la señora Milkman ni se paró. Siguió caminando como si nada hubiera sucedido. Entonces, la señora Pye salió de su despacho y regañó a Wind por estar sentada en el suelo.

–Jovencita, como te llames, levántate del suelo este instante. Deberías saber que ese no es un comportamiento adecuado. Venga, que es hora de ir para casa. Se acabaron las clases por hoy. –Y siguió caminando por el pasillo. La directora sabía exactamente quién era, pero aun así decidió no reconocerlo. Wendy y Wesley ayudaron a Wind a levantarse del suelo. No cojeaba, pero estaba segura de que le saldría un hematoma bien feo en poco tiempo. Estaban a punto de salir por la puerta principal cuando oyeron otra vez a la señora Pye decir detrás de ellas: –¿No erais vosotras las que estabais en el segundo período del almuerzo de hoy? Noté que los niños estaban muy tranquilos en el recreo y eso no es muy normal. ¿Notasteis algo cuando estuvisteis allí? Algo no estaba bien. ¡Decidme la verdad o sabré que estáis mintiendo! –la directora las amenazó.

–No, nosotras no notamos nada raro, señora Pye. Además, nos fuimos en cuanto usted nos lo dijo –Wind respondió rápidamente. La directora no siguió con su interrogatorio, pero las miró de forma sospechosa. Las tres amigas se dieron la vuelta y salieron de la escuela en dirección a casa de Wind.

Mientras tanto, la señora Pye no dejó de observarlas. Vio cómo cruzaban la calle y se alejaban más y más mientras recordaba lo que sabía de estas tres chicas. Hoy se las veía excitadas y nerviosas al mismo tiempo. Estaba de pie, en la entrada principal de la escuela cuando se le acercó la señora Milkman. Las dos tenían la misma estatura, con sus zapatos de tacón, el mismo tipo de cuerpo y actitud. Su diferencia obvia era su corte y estilo de pelo. La señora

Milkman tenía una melena muy corta lisa rubia platino teñida y la señora Pye tenía el pelo castaño muy corto con mechas rubias. Las dos con la misma intención: tener un aspecto atractivo, sin mucho éxito.

–Si no necesita nada más, señora Pye, me gustaría irme. Necesito llevar a mi Betsy al veterinario. No tenía muy buen aspecto esta mañana y quiero asegurarme de que está bien –le dijo la secretaria.

–¿Tu gata? ¿De verdad? ¿Pero no está ya muy vieja? Vale, está bien. Pero antes de irte, asegúrate de que me dejas sobre mi mesa los números de teléfono de casa de las tres uve-dobles inseparables (así llamaba la señora Pye a Wind, Wesley y Wendy). Sé que están tramando algo y me voy a enterar –dijo la Sra. Pye todavía en la puerta del colegio mirando como las chicas se alejaban. Esta escuela de casi cuatrocientos estudiantes no la mantenía lo suficientemente ocupada. Tenía que jugar a los detectives.

–La señora Pye no nos va a sacar ojo. ¿Creéis que sospecha algo? –preguntó Wesley.

–Es posible. Nunca se sabe con esta mujer. No podemos arriesgarnos con ella. Debemos tratar de seguir difundiendo el juego, pero no más en la escuela –dijo Wind.

–¿Qué os parece si hacemos un video del juego en YouTube? ¿Creéis que se podría propagar por internet? –sugirió Wendy.

–Bueno, yo creo que necesitamos el tacto para que la energía se transmita, pero no tenemos nada que perder... y mucho que ganar –dijo Wind. Entonces ella se dio cuenta de algo y dijo: –En caso de que funcione, sería mejor que además algunos de nuestros amigos y amigas también hiciesen un video, así, no se nos podría identificar a nosotras como las iniciadoras del fenómeno. ¿Qué pensáis?

–¡Muy inteligente! –dijo Wesley– Si funciona sería la manera perfecta para difundirlo rápidamente y muy difícil de rastrear que comenzó con nosotros.

Estaban llegando a su calle cuando Wind vio a su hermana entrar en su casa. Hoy, a diferencia de cualquier otro día, Rain no había caminado a casa con su amiga Rachel.

–Niñas, tenemos que tener mucho cuidado –dijo Wind–. Rain ya ha llegado a casa y sospecha que algo raro está sucediendo. Todavía no lo entiende, así que actuad lo más normal que podáis. Iremos directas al estudio para hacer el video en el ordenador de mi madre.

Primero llamaron a sus compañeras y compañeros para decirles que hicieran también un video. Decidieron llamarlo el juego de palmas 'Abre tu corazón'. Este sería el nombre más reconocible. Estaban las tres delante del ordenador. Wind presionó la tecla de grabar y explicó en lo que consistía el juego. Lo hicieron en un círculo, como habían hecho en el colegio. Se turnaron para mostrar los distintos pasos del juego y pidieron a quien lo viera que lo compartiese. También sugirieron a los espectadores que hiciesen su propio video y que lo compartiesen con sus amigos y familiares. Debía hacerse lo más viral posible.

–¿Qué debería hacerse viral? –preguntó Rain irrumpiendo en el estudio.

Wind detuvo la grabación con un rápido toque sobre el teclado y cerró la ventana de YouTube antes de que su hermana pudiese ver nada.

–Nada, estábamos viendo un video en YouTube. Una tontería que colgó alguien –dijo Wind.

Rain no preguntó nada más, pero les observó con una mirada sospechosa.

–Venga, vamos, chicas, que tenemos que acabar el proyecto de ciencias –dijo Wind. Salieron todas del estudio dejando a Rain preguntándose si estaban mintiendo. Las tres amigas subieron al cuarto de Wind para terminar el proyecto de ciencias y pasaron allí el resto de la tarde. Cuando les llegó la hora de irse para casa a Wesley y a Wendy, Wind las acompañó a la puerta. Su madre entró corriendo en casa y en cuanto las vio, les pidió que bajasen a su laboratorio. Wind supo por la mirada de su madre que algo iba mal.

–He venido tan pronto he podido dijo la Dra. Wind, mientras bajaba rápidamente las escaleras–. El hospital local se ha colapsado de llamadas de urgencia, todas relacionadas con ataques cardíacos, en esta última hora. No tienen suficientes ambulancias para responder a todas las llamadas del 061. Han tenido un aumento del quinientos por cien más de lo habitual. Tan pronto como la palabra 'epidemia' empiece a circular, la gente empezará a entrar en pánico y las autoridades llamarán a nuestro instituto para encargarnos un estudio de investigación de emergencia para que encontrar una vacuna o un antídoto.

La doctora Wind iba diciendo todo esto mientras cogía el material de los distintos estantes y armarios de su laboratorio, sin mirar a las niñas. Se dio la vuelta y al bajar la vista, las vio temblando, dándose las manos mirándola con los ojos abiertos como platos. La doctora Wind respiró hondo y caminó hacia ellas. Se puso en cuclillas para tenerlas a la altura de la vista y las abrazó. Se mantuvieron abrazadas unos segundos antes de que alguien hablara otra vez.

–Lo siento, niñas mías –dijo la madre de Wind–, lo siento mucho. No pretendía asustaros. Contaba con que pasase esto, pero no tan pronto. Decidme ¿Cómo os fue el día en el colegio?

7

Ahora

Rain no compartió su día con nadie. No estaba en sus planes sacar las manos de los bolsillos en todo el día por miedo a darle un calambre a alguien. El día iba pasando como cualquier otro día: aburrido y estresante. Había tenido un examen de historia por la mañana, sobre la guerra civil americana. Horrible, hermanos contra hermanos, matándose unos a otros. «¿Por qué tenían que estudiar sobre guerras y más guerras?» Rain estaba harta. La hora del almuerzo era el momento que Rain esperaba poder relajarse después del examen y hablar con sus amigas.

Jennifer Harris tenía otro plan. Había decidido arruinarle el día, y su vida lo más posible. Jennifer y sus dos amigas inseparables aparecieron delante de la mesa donde Rain comía con sus amigas. Se dirigió a Rachel, la mejor amiga de Rain, interrumpiendo su conversación.

–Así que, Rachel, ¿Verdad?, solo quiero que me confirmes que este es tu hermano y que va al instituto. –Jennifer le enseñaba a Rachel una foto en su teléfono. Esa era la primera vez que Jennifer se acercaba a ellas sin insultarlas o burlarse de ellas.

–Sí, es mi hermano. ¿A ti que te importa, Jennifer? –le preguntó Rachel.

–Bueno, yo no sabía que tenías un hermano mayor. Lo que sí sabía era que tú llevas toda la vida pillada por el mío. ¿Por qué no vienes a mi casa y me cuentas todo sobre tu hermano y así tendrás la oportunidad de ver al mío? –le preguntó Jennifer.

Las mejillas de Rachel se pusieron coloradas como su carpeta de matemáticas. No sabía que decir y dudó un segundo. Rain no se lo podía creer cuando oyó a Rachel decir: «Bien, ¿A qué hora?»; y Jennifer responder: «Después de clase. Puedes venir andando conmigo.»

Este era el principio del final de su vida social. Así que, en cuanto Jennifer se marchó, Rain le pidió a Rachel si la acompañaba al baño.

–Necesito enseñarte algo, por favor, antes de que suene el timbre –le dijo Rain a Rachel.

Las dos amigas caminaron a los baños que estaban enfrente al comedor. Rain esperó a que las otras niñas que estaban en el baño saliesen, para poder hablar con Rachel en privado. Cuando todos los baños estaban vacíos, Rain se dirigió a Rachel:

–Tú sabes que mi madre es científica, ¿Verdad? Pues está trabajando en este experimento sobre energía y cómo se transmite con el contacto –Rain le dijo a Rachel.

–¿Qué tipo de energía? No entiendo. ¿Qué quieres decir? –Rachel preguntó.

–¿Me das la mano? –Rain le preguntó.

En ese momento Jennifer entró en los baños y vio a Rachel y a Rain dándose la mano. Rain le soltó la mano a Rachel rápidamente y se la guardó en el bolsillo mientras miraba a Jennifer. Esta les sonrió con una amplia mueca, se giró y se marchó sin decir una palabra. Rachel corrió tras ella para intentar explicarle y Rain intentó descifrar qué era lo que ella había hecho para que su mejor amiga fuese corriendo detrás de la chica más odiosa del colegio.

Antes de que acabase el día, el rumor de que a Rain Smith le 'gustaban' las chicas se había extendido por todo el colegio y no había nada que ella pudiese hacer para pararlo. Quería morirse. Por encima de eso, iba a tener que caminar sola a casa, sin Rachel, algo que nunca había hecho hasta ahora. Podía perder a su mejor amiga y eso era aún peor, incluso peor que morirse.

—⚬—

El día de la doctora Wind había ido muy diferente al de sus hijas. Descubrió dónde estaba el cuerpo del que había atacado a Wind. Estaba en el hospital universitario, solo a dos millas del laboratorio donde trabajaba. Había estado allí muchas veces antes, para obtener muestras para distintos proyectos de investigación y conocía algunos miembros del personal. Senoia quería tener acceso al cuerpo para obtener una muestra que probase su teoría. Llamó al hospital a donde habían enviado el cuerpo y se inventó una historia. Les dijo a los del departamento forense que habían contactado con ella para que extrajese una muestra del corazón y así ayudarles con la autopsia y acelerar el proceso. El primer obstáculo quedaba atrás, le habían dado acceso. Ahora tenía que ir al hospital y tener la suficiente suerte para no encontrarse con alguien que descubriese que su historia era falsa. Ya había estado antes en el departamento forense, recogiendo muestras, pero esta vez estaba nerviosa y no quería que nadie se diese cuenta. Sentía ansiedad, pensaba que los demás podían leer sus pensamientos y descubrir todo lo que había experimentado en las últimas veinticuatro horas.

Se tranquilizó, respiró hondo y envió pensamientos de agradecimiento a su corazón, lo que últimamente era el truco que la ayudaba a calmarse, y entró en el hospital por la entrada de urgencias, la más cercana al departamento forense. Podía andar por estos pasillos con los ojos cerrados por todas las veces que había venido a lo largo de los años. Llegó a una puerta con un cartel que ponía 'Departamento Forense – Solo personal autorizado'. Llamó al timbre, dio su nombre a través del intercom, y se oyó un zumbido, señal de que le abrían la puerta. Se sentó en la sala de espera donde habitualmente los familiares de la persona fallecida esperaban para identificar el cadáver. Hoy estaba vacía. Ella no estaba tan segura de que en los próximos días estuviese igual.

Larry, el enfermero auxiliar, le dijo que podía pasar a recoger las muestras. El doctor Christopher Barnard estaba en el cuarto de especímenes cuando entró.

–Hola, Chris –dijo la dra. Wind–. ¿Cómo te va esta mañana? Estoy aquí para recoger las muestras de corazón y cerebro de hoy. Me han dicho que los restos son de alguien de por aquí. ¿Alguien que conocemos?

–Hola, Senoia. Lo encontraron muerto en el suelo frente a la puerta del garaje de una casa. No tenía identificación. La casa estaba a nombre de una mujer que falleció ya hace años. La policía está investigando porque nadie más estaba en la casa. Los vecinos lo encontraron y llamaron al 061. Nadie ha reclamado el cuerpo todavía. La autopsia, que acabo de terminar, determina una causa natural de su muerte, un caso de libro de texto: enfermedad de la arteria coronaria.

–¿Tuviste tiempo de extraer la amígdala? Sería estupendo tener ambos especímenes juntos –dijo Senoia.

–Sí, pero no la he examinado. Te dejo eso para que lo hagas tú en tu laboratorio. Los resultados del corazón fueron concluyentes, así que ya no seguí más allá.

–Vale, no hay problema. De verdad te agradezco que tengas las muestras listas en tan poco tiempo –le dijo Senoia nerviosa.

–Ningún problema. Estaré en la sala contigua terminando –dijo Chris.

Antes de poner las muestras en la nevera portátil, la doctora Wind examinó las dos muestras que podrían probar su teoría del comienzo de una etapa nueva en la evolución humana. Si sus cálculos eran correctos, las células cardíacas mostrarían una invasión de hormonas y neurotransmisores como la oxitocina, la llamada hormona de la compasión, hormona que en un corazón podrido y obstruido como este, provocó el efecto de un virus mortal, que, a su vez, provocó una insuficiencia cardíaca. La amígdala, localizada en lo profundo del cerebro, mostraría cantidades masivas de adrenalina, una hormona del estrés, y oxitocina y compuestos relacionados, como la serotonina, vasopresina, y la dopamina, producidos por el cuerpo en respuesta a la intensa emoción que este hombre recibió de una niña pequeña.

Esos serían los hallazgos científicos de estos dos órganos: el corazón y el cerebro de una persona que murió de un ataque cardíaco. La explicación de esos hallazgos sería la hipótesis de la doctora Wind-Smith sobre la evolución de la humanidad: Los seres humanos evolucionan de *Homo Sapiens* (humano que sabe) a *Homo Conscious Praescius* (humano que es innatamente consciente de su conciencia). Los *Homo Sapiens* se han ido destruyendo, matándose en una guerra tras otra, matándose a sí mismos y su medio ambiente por su forma de vida. La supervivencia del más amable (no la supervivencia del más fuerte como fue durante generaciones) sería el resultado del proceso de evolución. Los seres humanos evolucionarían a una nueva etapa de la especie y los más amables de todos serían los supervivientes, según la teoría de la doctora Wind.

¿Qué papel desempeñaban las hormonas adrenalina y oxitocina en todo esto? Cantidades masivas de estas dos hormonas se produjeron en el cerebro de Wind y se transportaron por el cuerpo hasta el corazón como resultado de la amenaza que Wind sintió. Como mecanismo de defensa, utilizando el instinto de atacar o escapar, la energía que produjeron estas hormonas se transmitió inmediatamente al cuerpo del atacante. Ese *cuerpomente* no estaba preparado para recibir una energía tan potente y colapsó.

La doctora Wind-Smith esperaba que las pruebas en estos especímenes demostraran su teoría. Los embaló cuidadosamente en una nevera portátil para preservarlos de camino a su laboratorio. Fue a la sala de autopsias para despedirse del doctor Barnard que estaba finalizando con el cadáver. Allí estaba, la cara y el cuerpo del que se había llevado a su niña. Era de cuerpo pequeño, un joven escuálido. Su piel de ceniza, sucia y sin brillo. Su pelo escaso, fino, casi blanco. Sus pómulos sobresalían bajo sus ojos hundidos. Entonces se dio cuenta de que lo conocía. Senoia había visto a este hombre antes. El día anterior se había golpeado contra su carro de la compra en el supermercado y se quedó en el medio del pasillo mirándola fijamente con una mirada incómoda y una sonrisa retorcida en unos labios rojos y húmedos. Instintivamente, ella se había dado la vuelta, buscando a Wind, y vio a su niña mirando las revistas. Cuando Senoia volvió a girarse, el individuo ya se había ido. También en algunas ocasiones lo había visto caminando por la calle con una actitud y atuendo extraños, con gorro y botas de invierno en pleno verano o pantalones cortos y camiseta bajo una lluvia torrencial. Senoia comenzó a sentir una ira que le invadía el pecho al imaginar lo que podría haber sucedido, pero conscientemente respiró profundo y dejó que la rabia se disipase en el aire. Este hombre estaba muerto y no podía hacerle daño a nadie o intentarlo nunca más. Senoia deseó intensamente que ningún hombre como este nunca más tuviese la oportunidad de lastimar a un niño. Deseó que se transformasen sus corazones y se volviesen contra ellos en cuanto intentasen hacerle daño a una persona inocente. De ahora en adelante, solo sería justo que, por el bien del futuro de los niños, esta adaptación se propagara rápidamente por todo el planeta y la humanidad nunca volviera a la autodestrucción por la que estaba pasando.

–Senoia, ¿Estás bien? ¿Lo conocías? –el doctor Barnard sacó a la doctora Wind-Smith del trance donde la habían llevado sus pensamientos.

–Ah... Lo había visto caminando por la ciudad. Era todavía tan joven. Me pregunto que pudo causarle un paro cardíaco.

–Probablemente tenía una predisposición genética y asumo que tenía una dieta desequilibrada –dijo el dr. Barnard de forma casual.

–Bueno, voy a marcharme. Me alegro de haberte visto, Chris. Gracias de nuevo por las muestras. Por favor, llámame si tienes otros casos como este. Encaja a la perfección en el perfil que necesito para mi investigación –dijo Senoia con una sonrisa nerviosa.

–Lo haré, no te preocupes. Cuídate –dijo el doctor Barnard.

8

Senoia

Tan pronto como Senoia llegó a su laboratorio, comenzó a analizar las muestras y a reflexionar sobre la teoría de toda su vida.

La doctora Wind-Smith reflexionaba: «La primera década de vida es cuando sucede toda la magia. Son unos años llenos de ideas, imaginación, suposiciones, maravillas, corazones y ojos abiertos. Después de diez hermosos años, los adultos y la sociedad empiezan a arruinar las vidas de los niños. Sus miedos comienzan a paralizar sus mentes infantiles y se cobran un precio. Estos temores paralizan la conciencia infantil. Los niños no deberían tener que soportar esto, pero, en este momento, no tienen ni voz ni voto sobre sus propias vidas. Se les imponen reglas que no tienen ningún sentido, y deben adherirse a ellas, estén de acuerdo con ellas o no. La mayoría de las veces, no se les dice el por qué. Los adultos probablemente tampoco conocen las razones de estas reglas. ¿Tradición? ¿Porque siempre se ha hecho así? ¿Es lo que la gente hace? ¿Qué tipo de razones son ésas? Ya nadie tiene sentido común. Ya nadie escucha sus corazones. La gente simplemente cumple las reglas sin hacer preguntas.

»Cuando Senoia era una niña, se hacía muchas preguntas. Algunas veces pensaba que las respuestas eran irrazonables. Ella quería saber el por qué, y si no recibía respuestas razonables seguía buscando hasta que estaba satisfecha.

»Un día, hablando con su madre, Senoia le dijo: "Cuando crezca, quiero ser sabia y tener todas las respuestas a mis preguntas."

»Su madre respondió: "Bueno, es posible que no tengas todas las respuestas, pero lo importante es que sigas haciéndote preguntas."

»Así que la petición de Senoia al mundo era: 'Dejad que los niños sean ellos mismos. No arruinéis sus vidas. No queréis que acaben como vosotros, especialmente porque no tenéis ni idea de lo que es bueno o malo para ellos. Necesitan y quieren averiguarlo solos'.

»Como escribió el poeta libanés Kahlil Gibran:

Tus hijos no son tus hijos.
Son hijos e hijas de la vida
Deseosa de sí misma.
No vienen de ti, sino a través de ti,
Y aunque estén contigo no te pertenecen
Puedes darles tu amor, pero no tus pensamientos,
Pues, ellos tienen sus propios pensamientos
Puedes abrigar sus cuerpos, pero no sus almas
Porque ellas viven en la casa del mañana
Que no puedes visitar, ni siquiera en sueños
Puedes esforzarte en ser como ellos
Pero no procures hacerlos semejantes a ti
Porque la vida no retrocede
Ni se detiene en el ayer.
Tú eres el arco del cual tus hijos
Como flechas vivas son lanzados.
Deja que la inclinación en tu mano de arquero
Sea para la felicidad.
Porque además de amar la flecha lanzada
También se ama el arco que se mantiene estable.

»El trabajo de los padres es sólo acompañar a sus hijos en su viaje, no conducir al volante en una dirección sino ir de copiloto disfrutando del paseo. Los niños aprenderán a frenar y a pisar el acelerador a su propio ritmo. Sólo necesitan el apoyo y validez de los padres. Pensad dónde estaría la mayoría de la gente si sus padres hubiesen confiado y creído en ellos ciegamente y les hubiese facilitado el camino para alcanzar sus sueños. ¿Serían las personas que son hoy en día?

»¿Qué pasaría si fuesen los niños los que educasen a los adultos en la autoconsciencia, la confianza, la pasión, los sueños, los logros, y el sentido común que los adultos pierden a lo largo del camino? En primer lugar, no habría guerras ni competencia ni fronteras o normas arbitrarias y leyes que solo benefician a unos pocos. No habría odio ni miedo ni sentido de culpa, por lo tanto, no habría prisiones. ¡Habría paz global en el mundo! ¿Quién se opondría a eso? Pues desafortunadamente, las personas que se enriquecen y benefician de las guerras. Por lo tanto, otra necesidad sería deshacerse del dinero. Todas y cada una de las personas obtendrían lo que necesitan a cambio de su servicio personal a la comunidad».

Senoia seguía y seguía inmersa en sus pensamientos mientras analizaba los especímenes durante todo el día. En realidad, ni siquiera paró para comer. Eran las tres y cuarto de la tarde cuando sonó su teléfono móvil. Era el doctor Christopher Barnard.

–Hola, Senoia, soy Chris del departamento forense. Estamos teniendo una enorme oleada de casos de paradas cardíacas. En urgencias no dan abasto para gestionarlos todos. Ha habido algunas muertes y algunos cadáveres están siendo trasladados a otros hospitales. Parecen muy similares al caso que discutimos esta mañana. Me dijiste que te avisara así que te mantendré informada con lo que vaya pasando, ¿Vale?

–Gracias, Chris. Te lo agradezco. Me puedes llamar al móvil pues estaré de aquí para allá en el laboratorio en los próximos días. Cuídate.

–Hablamos pronto –dijo Chris.

Todo empezaba a acelerarse y ella necesitaba idear un plan. La doctora Wind-Smith había estudiado y pronosticado diferentes posibilidades de cómo se desarrollaría la siguiente etapa de la evolución humana, pero verlo suceder a tiempo real era muy distinto e inquietante. Ahora el siguiente paso sería explicarlo y probarlo a un nivel celular. Sabía que la comunidad científica no entendería qué estaba pasando e intentaría pararlo. Tratarían de encontrar una explicación y pruebas con estudios científicos del corazón aislado de los demás sistemas del cuerpo, el procedimiento que siempre se había hecho y que Senoia sabía no era suficiente para encontrar respuestas. Sin comprender que el cuerpo y la mente son uno, ella sabía que no alcanzarían ninguna conclusión definitiva. Ahora tenía que tener mucho cuidado y tratar de ir siempre un paso por delante de la investigación. Tendría que seguir con su investigación secreta desde su casa.

Senoia sintió una mano que se apoyaba en su hombro derecho y se sobresaltó. Estaba tan concentrada en su trabajo que no había oído entrar en el laboratorio al doctor Kahn. Levantó la cabeza y notó que había oscurecido. Amenazaba tormenta otra vez y parecía como si se estuviese poniendo el sol. Se frotó los ojos y se puso de frente a su jefe.

–Hola, doctor Kahn. ¿Rumbo a casa? –dijo casualmente.

–Sí, ya terminé por hoy. No parece que ése vaya a ser su caso pronto. Estaba muy inmersa en su trabajo. ¿En qué está trabajando? –el doctor Kahn preguntó, mirando por encima del hombro de ella.

El doctor Amir Kahn, el director del laboratorio de Senoia en el Instituto Nacional de salud, era un científico muy ambicioso y egocéntrico. Como jefe del departamento, el doctor Kahn tenía el poder de autorizar proyectos, y siempre había ignorado el estudio de Senoia sobre la evolución humana, pues pensaba que era irrelevante. Sin embargo, ella nunca lo había abandonado, y había seguido con su investigación en el laboratorio de su casa. Ahora más que nunca la doctora Wind-Smith tendría que ocultarle su proyecto y sus resultados. Si él tenía la mínima sospecha de que ella conocía la causa y origen de los ataques cardíacos, él no se detendría hasta descubrirlo, y ella tenía la absoluta certeza de que él haría todo lo posible para pararlo con fuerte medicación y aislando a los niños, y destruiría y desacreditaría su estudio.

Ella pensó que incluso él podría ser capaz de inventarse otra teoría de por qué y cómo la epidemia había comenzado. Así que, instintivamente, se inventó algo.

–Estoy analizando una amígdala del departamento de oncología. Estoy colaborando con un equipo de becarios que están haciendo un estudio de la relación entre el cáncer cerebral y las enfermedades coronarias. No sé si está familiarizado con él.

Él no contestó inmediatamente. La miró directamente a los ojos como una señal de poder sobre ella y buscando rastros de deshonestidad. Este hombre iba a ser el desafío más grande con el que lidiar en todo el proceso. Si tenían encima una epidemia de ataques cardíacos, el doctor Kahn estaría a cargo de la investigación para encontrar la cura o una vacuna. Si tenía éxito en erradicar la epidemia, definitivamente sería uno de los candidatos al Premio Nobel, galardón con el que llevaba obsesionado durante años.

—Me da la impresión de que eso está fuera del terreno de tu especialidad —dijo finalmente—. ¿Todavía está interesada en ese proyecto sobre la evolución humana? —le preguntó.

«¿Le estaba leyendo el pensamiento o qué? ¿Después de años de haberse burlado de ella por eso, ahora mostraba interés?» pensó Senoia. Supo al instante que tenía que ocultarle su investigación. Los ataques cardíacos eran consecuencia de la propagación de la consciencia. La vida de su familia estaba en peligro. Si él descubría la relación entre las dos partes del fenómeno, intentaría pararlo para que cesasen los ataques cardíacos. No le importaría la causa de la enfermedad cardíaca. Él lucharía para erradicarla como cualquier otra epidemia.

La doctora Wind-Smith sabía que él no dudaría en sacrificar las vidas y bienestar de los niños por su propio beneficio. Pero ella sola no podía seguir con su estudio, todavía no. Tenía que seguir aquí, bajo su supervisión y tolerar sus comentarios sexistas y sus acercamientos inapropiados porque la investigación era su pasión. Aunque era un hombre intolerable a nivel personal, era un científico magnífico, y su departamento recibía fondos gracias a su reputación y prestigio. Senoia sabía que ella nunca podría lograr ese tipo de financiación por su cuenta y que tendría que recaudar los fondos ella sola. Como cualquier otro trabajo, este también tenía sus pros y contras.

—¿Ese proyecto? Hace años que no pienso en él —dijo Senoia mientras se levantaba del taburete y comenzaba a recoger las muestras—. He estado intentando ampliar mi investigación. No he abandonado la idea del estado físico de las emociones y ahora estoy explorando la conexión entre el cáncer cerebral y los traumas emocionales —trató de sonar convincente—. Yo también voy a marcharme. Ha sido un día largo. Puedo cerrar yo el laboratorio si quiere usted marcharse ya —esta vez intentó parecer informal.

Él no respondió. Simplemente asintió con la cabeza, se giró y justo antes de cerrar la puerta tras él, dijo adiós.

Ella intentó sacudirse los nervios con unas cuantas respiraciones profundas. Después acabó de recoger. Lo siguiente que tenía que idear era cómo proteger y ayudar a Wind. Su hija no tenía ni idea de lo que le quedaba por delante y lo que su transformación significaba para ella y para todos los de su alrededor. Si este fenómeno era lo que Senoia pensaba que era – potente y transmisible – era cuestión de muy poco tiempo antes de que empezasen a ocurrir cambios reales, y Wind estaría en el medio de todo. Bueno, no solo Wind, también Rain, aunque todavía no supiese lo que estaba pasando, sería parte de ello, le gustase o no. Senoia se preguntó cómo les habría ido el día. «A esta hora ya deberían estar en casa».

De camino a casa Senoia pensó que aún podría trabajar un par de horas más con la información que Wind y Rain tendrían para ella. Cuando llegó a casa y les vio la expresión de agobio en las caras de Wind, Wesley y Wendy como reacción a sus noticias, decidió que todas necesitaban descansar y pasar una buena noche. Continuarían al día siguiente.

9

Amanecer

Esa noche, Senoia no pudo dormir. Estaba tan emocionada de lo fácilmente que su hija y sus amigas había extendido la consciencia en su escuela, de cómo todos los niños se sintieron a gusto y aliviados. Su mente seguía vagando y sus pensamientos siempre volvían a la misma idea: la conexión tan frágil entre el cuerpo humano y las emociones humanas. La doctora Wind le había estado enseñando a sus hijas a no retener o reprimir las emociones desde que nacieron. Rain, la mayor y la más obstinada, no escuchaba tanto como Wind, y ahora, en la adolescencia, sentía más presión de sus compañeras en su entorno social. Wind había entendido este concepto perfectamente bien desde que podía recordar. Gracias a ello, cuando se sintió amenazada, su energía interior la protegió contra el daño y provocó que se liberaran las emociones reprimidas del que le intentaba hacer daño. Esto ocurrió con o sin contacto físico.

En una noche como esta, cuando no podía dormir, fue cuando se le ocurrió la idea de esta teoría. Ella había teorizado todos los pasos de la siguiente etapa en la evolución humana: *Homo Conscious Praescius*. Originalmente pensó que estos pasos sucederían a lo largo de cientos de años, y por lo que había visto en el laboratorio, estaban sucediendo ahora. «¿Podría estar sucediendo simultáneamente en otros lugares del mundo? ¿O era su hija la que empezó el efecto dominó?

»*Homo sapiens* significa "ser humano que sabe"; el nombre en latín indica que es capaz de reunir conocimiento. El problema con la especie es que utilizaron ese conocimiento para acumular poder y destruir su entorno y a ellos mismos. La transición iría de reunir conocimiento, a ser consciente de lo que se puede hacer con ese conocimiento, finalmente, a ser conscientes de que los seres humanos son todos uno, que están todos interconectados y lo que los conecta es su energía interior. Al destruir al enemigo de uno, uno se destruye a sí mismo. Esta evolución los hace conscientes de que la única respuesta es abandonar el odio, la ira, el miedo y la culpa. Cuando eso ocurre, los seres humanos se entienden unos a otros, piensan igual, y sienten armonía.

«Todos estos pasos», según había teorizado la doctora Wind, «sucederían después de la casi total destrucción de la humanidad debido a la guerra, la violencia, y el caos. Ahora se dio cuenta de que podía estar equivocada sobre esta teoría. La nueva etapa no llegaría como resultado de que los humanos se destruyeran unos a otros, sino sólo después de la autodestrucción de los que no estaban preparados para adaptarse por el odio, el miedo y la culpabilidad en sus corazones. Los supervivientes finalmente entenderían y serían conscientes de su conciencia.»

»Tuvo la esperanza de que sus conclusiones mostraran que esta consciencia se propagaría de forma natural, como había pasado hoy en el colegio de Wind. Si continuaba constante la propagación de la consciencia, la siguiente etapa evolutiva se completaría en meses. Después, obviamente, llegaría el cambio en el modo de vida, pero esa transformación llevaría años. Aun así, estaba muy impresionada por esta revelación.

»Tendría que trabajar con premura y en secreto. El doctor Kahn intentaría por todos los medios parar este cambio. La primera vez que le mencionó su teoría de la evolución, se rió en su cara. Ella nunca más se lo volvió a mencionar y decidió seguir con su estudio a sus espaldas en el instituto y en su propio laboratorio.

»Lo maravilloso de esta transformación era que los niños eran los que tenían el poder ahora, eran ellos los que liderarían la transformación, esos que, hasta el momento, habían sido instruidos por los que estaban en el poder y muchos de ellos que habían sido ignorados, manipulados y abusados. Pues ahora los niños tenían el poder de cambiar todo eso y la doctora Wind los ayudaría hasta el final.

»Senoia tenía que averiguar los pasos inmediatos a tomar para que el cambio ocurriese de la manera más eficaz posible, sin importar la posibilidad de que estuviese ocurriendo en efecto dominó o simultáneamente en diferentes partes del mundo.

»Por lo que Wind le había dicho, las reacciones de los otros niños de la escuela habían sido inmediatas. Todos se dieron cuenta de que este era un fenómeno enorme y se debía compartir en secreto. También sabían que nunca lo habrían entendido si alguien se lo hubiera intentado explicar. Sin embargo, una vez lo experimentaron, supieron que eran conscientes. Era como si el mundo estuviera siempre completamente a oscuras y de repente se encendiese una luz. No se puede describir la luz si no se experimenta. Los que están en la oscuridad no comprenden el concepto visual de las cosas. No hay palabras para describirlo. Además, los cambios requieren que las personas salgan de su comodidad. Por eso no les gusta el cambio, así que ¿Para qué encender la luz? Algunos preferirían quedarse en la oscuridad. Los cambios requieren una gran cantidad de esfuerzo para los adultos, pero no para los niños, que todavía tienen curiosidad y disfrutan explorando cosas nuevas. El esfuerzo consume mucha energía, pero vale la pena. La satisfacción al conseguirlo es abrumadora».

La doctora Wind sabía que podía rastrear el proceso cuando empezase a haber ataques cardíacos mucho más frecuentemente de lo habitual. También sería un cambio definitivo si el video de YouTube se extendiese mundialmente. Si el video se hacía viral significaría que el contacto físico no era necesario. Si las ondas de consciencia podían transmitirse visualmente, esta se propagaría como el fuego. Senoia y las chicas sabrían muy pronto si había funcionado.

La doctora Wind recibió un mensaje en el móvil. Las horas habían transcurrido como minutos. Era casi de madrugada y había estado intentando relajarse y dormir al menos un par de horas. Desbloqueó el teléfono y leyó el mensaje: "Siguen llegando más casos. Esto no tiene precedentes. Además, pon las noticias, no es solo a nivel local". Era Chris otra vez dándole la noticia de que la epidemia había comenzado. Se había quedado en el hospital toda la noche.

En pocas horas, el mundo comenzaría a cambiar, y ojalá nadie lo detuviera. Podría sonar terrible. Ella no se sentía bien esperando que miles de personas sufrieran ataques cardíacos, pero este era el futuro de sus hijas y de muchas generaciones venideras. A largo plazo, sería algo bueno.

Se dio cuenta de que era uno de los primeros especímenes de *Homo Conscious Praescius*, y se sintió muy bien. Respiró hondo, trató de dejar que sus pensamientos se disiparan, y finalmente se quedó dormida casi al amanecer.

10

Risas

Senoia se despertó con los gritos y la risa nerviosa de Wind que llegaba desde abajo. Alex ya no estaba en cama. Se frotó los ojos, saltó de la cama y bajó corriendo a su estudio. Wind estaba mirando para el ordenador y saltaba y aleteaba los brazos como si fuera un pajarillo tratando de volar del nido.

–¿Cuántos lo han vistos, Wind? ¿Cuántos? –Senoia le preguntó nerviosa.

Wind seguía saltando y chillando, así que la doctora Wind miró por ella misma. «¡Diez mil ochocientos! ¿Cómo era posible? ¡Qué locura! Y en sólo quince horas. El día anterior estaban entusiasmadas con los doscientos estudiantes del colegio, pero esto tenía que significar que la consciencia se podía transmitir visualmente, si no ¿Cuál iba a ser el motivo por el que un simple juego de palmas lo viese tanta gente?»

–Wind, ¡Esto es increíble! –le dijo Senoia–. Se está propagando. Esto significa que no hace falta contacto físico para transmitir la consciencia. Vamos, tienes que arreglarte para ir al colegio. Tenemos que seguir con nuestras vidas como siempre, ¿De acuerdo?

Senoia se quedó unos minutos más en el estudio para comprobar la página web del hospital. Tenía acceso interno. Revisó la actividad de urgencias de fallos cardíacos de la noche anterior. Ayer había comprobado la actividad de la noche anterior y habían sido diez casos. Ahora tenían cuarenta. Veinte habían sido declarados cadáver al llegar al hospital; cinco habían sido admitidos; quince habían sido trasladados a otros hospitales cercanos. Senoia tenía que encontrar la manera de tener acceso a esos corazones y pacientes. Su investigación tenía que continuar y tenía que hacerlo rápido.

–Mamá, ya he salido de la ducha y Rain aún no se ha levantado –gritó Wind desde el segundo piso.

La doctora Wind fue al cuarto de Rain. La niña tenía la cabeza bajo las sábanas y empezó a quejarse cuando oyó la voz de su madre.

–Cariño, es hora de levantarte o perderás el autobús. ¿Te sientes bien? –Senoia se sentó en el lateral de su cama.

–¿Qué son todos esos gritos? Me desperté antes de que sonase la alarma y no me gusta despertarme antes de que suene la alarma. Grrr. –Rain no estaba muy contenta.

–Bueno, son las seis y veintinueve. Tu alarma va a sonar en un minuto. Yo te la apago. Ya no la necesitas –dijo Senoia intentando comenzar bien el día. Se quedó conscientemente junto a su hija, pero no la tocó. Su hija no era consciente de su conciencia todavía a diferencia del resto de la familia y supuestamente todos esos diez mil ochocientos que habían visto el video en YouTube hasta ahora. La doctora Wind necesitaba saber por qué no. Su teoría postulaba que el miedo retrasaba el proceso, así que lo iba a poner a prueba. La hipótesis era que el miedo se ponía a un lado temporalmente en momentos de emoción intensa y volvía cuando la euforia remitía. A Senoia se le ocurrió una idea.

–¿Rain? Tengo algo que decirte. ¿Recuerdas que me dijiste que te encantaría ir al concierto de Harry Styles? –le dijo Senoia a su hija.

De repente, Rain se sentó en la cama y abrió los ojos y la boca bien grande sin emitir ni un sonido.

–Bueno, pues tengo entradas para ti y tus amigas.

–¿Qué? ¿Lo dices en serio? Mamá, por favor dime que es verdad. ¿De verdad? ¡Ay, dios mío!

En ese momento, madre e hija se dieron las manos y Rain saltaba arriba y abajo sobre la cama. Senoia saltaba con ella sin soltarle las manos.

–Tengo que contárselo a Rachel, Mamá. Voy a mandarle un mensaje. Rain saltó de la cama todavía dándole las manos a su madre. Se sentía bien, segura y protegida. Entonces sintió la sacudida desde las manos recorriéndole hasta el cráneo y bajando hasta los pies, y otra oleada de abajo a arriba, no tan fuerte pero constante. Miró directamente a los profundos ojos oscuros de su madre.

–Así que esto era lo que debería haber sentido ayer, pero...– Parpadeó despacio una y otra vez, abrió la boca ensimismada, respiró profundamente y sonrió tranquila y con calma. –Ahora lo entiendo –dijo Rain por fin.

–Muy bien, comprobado. La euforia bloquea el miedo. ¡Listo! –la doctora Wind reconoció satisfecha.

–Mamá, estoy lista para desayunar –dijo Wind, echando cabeza y hombros por la puerta del cuarto de su hermana. –¿Me puedes hacer una tortilla? Me muero de hambre.

–Claro que sí, Cariño. Vamos a desayunar. Ven, Rain. Te vistes después. Wind tiene algo que decirte ahora que has... 'despertado'.

Toda la familia se reunió para desayunar, incluso Ulisi, quien generalmente no se levantaba de cama hasta que todos se hubieran ido de casa, pero hoy era un día especial. Cuando Wind terminó de contarle a Rain y Ulisi todo lo que había pasado en los dos últimos días – el secuestro, el ataque al corazón, la energía que transmitía la consciencia, el juego de palmas 'Abre tu Corazón', el video de YouTube que se hizo viral – Senoia explicó su teoría.

Entonces Ulisi dijo:

–¡Ya era hora! Llevo esperando este momento toda mi vida. Cuando tenía tu edad, Wind, me di cuenta de lo injusto, cruel y arruinado que estaba este mundo. Aunque nunca pensé que lo vería cambiar.

–Abuela, me acabas de dar una idea. Mamá, ¿No crees que las abuelas y abuelos del centro de mayores que visita Ulisi todas las semanas, nos podrían ayudar? Como tú dices, los ancianos y los niños son los más invisibles de la sociedad, así que, si queremos hacer esto discretamente, ellos son perfectos para mantenerlo así ¿No crees?

Senoia miró a su madre y sus mejillas se sonrojaron de vergüenza.

–No te preocupes, Cariño –dijo Ulisi–, lo entiendo perfectamente y sí, Wind, es una idea estupenda. Estoy segura de que les encantará ayudar y prestar un servicio a vosotros los niños. Esto será definitivamente rejuvenecedor para todos ellos y se sentirán muy orgullosos de formar parte de un acontecimiento tan enorme de la historia.

–¡Genial! Papá, ¿Quizás nos puedas llevar tú al centro de mayores para hacerles una visita mañana después de clase? –preguntó Wind.

La hora del desayuno se convirtió en una reunión para encontrar estrategias para difundir la consciencia lo más rápido y discretamente posible. Con la última taza de café ya había decidido recorrer toda la ciudad, incluidas las estaciones de autobuses y de tren. Todos sentían la urgencia del asunto, y que no había tiempo que perder.

–¡Sé cómo puedo hacerlo yo, chicos! ¡El concierto de Harry Styles! Estará lleno de gente de todas partes –dijo Rain con entusiasmo. Todos se miraron y se echaron a reír.

11

Seguros

Alex se sentía tan orgulloso de Senoia y de todo lo que había conseguido. Le había contado su teoría durante años y era el que más la apoyaba, pero nunca se hubiera imaginado que iba a poder probarlo en lo que le quedaba de vida. Ahora él quería aportar su contribución con lo que mejor sabía hacer: transporte sostenible. Tenía que pensar en un diseño de un vehículo que no solo fuese útil para los seres humanos sino también para el medio ambiente. Estaba seguro de que su equipo y él juntos serían capaces de tener alguna idea y prototipo pronto. No podía perder tiempo. Así que esa mañana cuando llegó al almacén de la empresa donde trabajaba, les contó y mostró a su equipo de confianza (sabía que podía confiar en ellos pues habían trabajado juntos durante muchos años) la consciencia de la conciencia. Roger, Tim, Allison y Berta eran más que compañeros de trabajo, se habían convertido en su familia en el trabajo. Habían comenzado su primer proyecto juntos después de la universidad en nanotecnología y ya se quedaron juntos todos estos años con buenos y malos momentos.

–Entonces la idea es desarrollar un vehículo que sea limpio, rápido, seguro, y práctico –dijo Berta.

–Además, no te olvides de que tiene que ser asequible y económico de construir y de mantener –dijo Allison.

Roger y Tim tomaban notas mientras todos aportaban ideas.

–Yo opino que la parte más crucial de este vehículo es que es un producto para una nueva generación. Necesitamos construirlo para el futuro. Tenemos que anticipar las necesidades de esta nueva sociedad que va a emerger –dijo Alex y se le aceleraba el corazón con el entusiasmo.

–Vale, ¿Por qué no nos tomamos un tiempo para desarrollar algunas ideas de forma individual y después nos reunimos otra vez por la tarde? –dijo Roger.

–Estoy de acuerdo. Intentemos ser originales y después veremos qué hemos ideado cada uno –dijo Tim.

–Y yo solo quiero recordaros lo importante que es que lo mantengáis en secreto. No vamos a contárselo a nadie por muy emocionados que estemos, ¿De acuerdo? –les pidió Alex.

Estuvieron todos de acuerdo con esto y se fueron cada uno a su despacho hasta la reunión de la tarde.

Hoy era viernes y Wind empezaba a ponerse nerviosa por el fin de semana, porque ella y su familia se iban de viaje a Washington. Lo habían planeado hacía tiempo y llegó en el momento perfecto. Pero antes, su padre la iba a recoger a ella y a Rain en el colegio para ir al centro de mayores con Ulisi. Habían pasado tres días desde su secuestro y, por todo lo que había pasado, parecía una vida entera. Para entonces, Wind podía percibir antes de tocar a nadie, como esa persona iba a reaccionar al sentir la energía. El lenguaje corporal decía mucho de una persona: la postura, la expresión facial, un ceño fruncido, unos dientes apretados.

Su objetivo seguía siendo niños o adultos con niños; al menos era el objetivo más seguro. No quería ponerse en una situación peligrosa, aunque su padre o su madre siempre estuviese cerca en sus distintas excursiones.

En el colegio, definitivamente se mantenía alejada de la directora, la señora Pye, y de la secretaria, la señora Milkman. Cada vez que se cruzaba con ellas, la miraban de forma sospechosa, así que intentaba evitarlas lo más posible. Sonó el timbre así que Wind recogió sus libros y su mochila y se dirigió a la salida. Justo antes de llegar a la puerta principal, la señora Pye se le acercó por detrás y la agarró por el hombro derecho mientras le decía: "Pues que tengas buen fin de..." *calambre del hombro de Wind a la mano de la señora Pye.*

Wind se soltó del agarrón de la señora Pye antes de que pudiese acabar la frase y para parar el calambre, y sin mirar atrás, echó a correr para reunirse con su padre que estaba esperando por ella. Le susurró al oído y los dos se giraron para ver la reacción de la señora Pye. Ella se estaba frotando la mano derecha con la izquierda y los observaba con una mirada preocupada. Alex y Wind dieron media vuelta y se marcharon.

Su visita al centro de mayores fue bien. Tuvieron discreción con las personas a las que se acercaban. Ulisi les señaló quienes eran de absoluta confianza y con los que les aseguró no tendrían episodios adversos. Conocieron una señora mayor encantadora. Se llamaba Quamra y era una yogi que radiaba calma y paz. Ella les proyectó más consciencia a ellos de la que ellos pudieran proyectarle a ella, pero se alegró de que ahora pudiese ayudar a difundirla a otros que no podían experimentarla por ellos mismos a través de meditación o reflexión.

Después del centro de mayores, era hora de hacer las maletas para irse a Washington. Senoia, Alex, Rain y Wind se dirigirían a la capital para aprovechar la oportunidad de llegar al mayor número de personas posible. Ulisi se quedaría en casa y cuidaría de sus plantas. Ya había tenido suficientes emociones. Había una marcha hacia el monumento a Lincoln que atraería a miles de personas – una forma insuperable de difundir la consciencia, y el grupo adecuado de gente que pedía un cambio.

La próxima semana la familia Smith tomaría un avión a Nueva York- JFK, donde cientos de culturas convergían y el lugar que visitaban diariamente miles de personas procedentes de cada rincón del mundo. Otra forma insuperable de divulgar la consciencia. Una vez en Nueva York, irían a Queens, un barrio que se enorgullece de ser uno de los lugares más diversos del mundo con unos doscientos idiomas y nacionalidades. Aunque el idioma no era un impedimento para la propagación de la consciencia, pues la energía fluía de persona a persona sin importar la lengua que se hablase, se propagaría más rápido si el mensaje se traducía a la mayor cantidad de idiomas posible.

–¿Has acabado de hacer la maleta, Wind? –Senoia sacó a Wind de sus pensamientos.

–Ya casi termino. ¿Cuándo nos vamos?

–En treinta minutos. Deberíamos estar en el aeropuerto en una hora. Vamos a terminar de hacerla juntas. ¿Has puesto suficiente ropa para dos días, cepillo y pasta de dientes y ropa interior? ¿Ya tienes todo lo de la lista que te di?

–Sí, Mamá.

–Vamos a ver... Mmmm, vale ¿Tus libros para leer en el avión? ¿Y tu diario?

–En mi mochila con Pilley. – Pilley era la almohada que Wind tenía desde bebé. Nunca dormía sin ella y se la llevaba a todos los viajes o cuando iba a dormir a casa de alguna amiga. Cogió la costumbre de morder la esquina de la funda de la almohada cuando le estaban saliendo los dientes y nunca perdió la costumbre. Su madre tenía bastantes fundas de la misma tela que fue juntando a lo largo de los años, pero lavado tras lavado, la almohada original se estaba convirtiendo en un trapo viejo; pobre.

–Vale, ya estás lista, entonces. Mira, una última cosa, coge chicle para el despegue y el aterrizaje, para que no se te taponen los oídos con la presión del avión. ¡Vamos a ir a cambiar el mundo, mi niña!

Una vez en el avión, Wind trató de leer su libro, pero sus pensamientos la llevaban en una diferente dirección.

–Mamá, he estado hablando con mis amigas sobre todo lo que está pasando. Nos hemos dado cuenta de qué es lo que los adultos pierden cuando se hacen mayores. ¡Se olvidan, Mamá! Se olvidan de lo que sabían que estaba bien y dan excusas para hacer lo equivocado. Un ejemplo: dicen que las personas que matan son malas, sin embargo, los soldados no son gente mala. Yo sé que es complicado, pero ¿Por qué hay siempre una guerra en algún lugar del planeta?

–Es complicado, Cariño, pero la mayoría de las veces la gente se mata unos a otros en guerras por el territorio en el que luchan.

–¿El territorio? Como Ulisi dice, nuestros antepasados creían que la tierra no pertenece a nadie, creo. ¿Es así?

–Bueno, nuestra gente tiene esa creencia, pero otras culturas tienen otras costumbres diferentes. Nosotros estamos inmersos en una multitud de diferentes culturas. Además, la casa en la que vivimos, por ejemplo, es nuestra y está en un terreno que compramos al propietario anterior. Este terreno está en un país específico con unas fronteras por las que nuestros antepasados lucharon, un país con sus tradiciones, identidad y reglas.

–¿Así que qué pasaría si la tierra no perteneciese a nadie? ¿Provocaría eso que el mundo estaría libre de guerras? ¿No ha pensado alguien con poder antes en eso?

–Desafortunadamente, Wind, los que tienen poder quieren mantenerlo, y el poder lo tiene el que controla la tierra.

–Pero si nadie controla la tierra, Mamá. Si nadie tuviese el deseo de controlar la tierra, ¿No se acabarían las guerras?

–Esa es una muy buena pregunta, pero no tengo una respuesta para ti. No sé.

–¿No crees que aquel que tiene deseo de poder, ahora dejará de tener ese deseo una vez sientan la consciencia de la conciencia, y el poder dentro de sí mismos, la forma en que nos sentimos después del evento? –El 'evento' era cómo Wind le llamaba al episodio cuando la secuestraron y cuando transmitió la energía de la consciencia por primera vez.

–Eso espero, Wind. Espero que esas ganas de más, de poder, de cosas materiales, de tener control, desaparezcan cuando la conciencia consciente se propague. Esa sería la verdadera diferencia en la Tierra. Tenemos que esperar y ver qué pasa.

–¿Y si pasa eso? El deseo desaparece, la lucha por el poder se termina y la tierra no tiene dueños. ¿No significa eso que no tendremos que pagar por la propiedad u otras cosas? ¿Significará eso que el dinero también desaparecerá?

–Me gustaría que fuese tan sencillo pero los seres humanos tienden a complicarlo todo. Tienes razón, un mundo sin dinero sería un mundo más justo. No seríamos diferentes unos de otros. La gente tiende a pensar que quien tiene más dinero es más importante o que tiene más derechos. Si no hubiese dinero, todos nos trataríamos más justamente. No habría privilegios solo para unos pocos.

–¿Privilegios? Menuda palabra. ¿Qué significa exactamente?

–Una persona con privilegios es una persona con ventajas. Normalmente, es el que o la que tiene una vida más cómoda y no tiene que trabajar o esforzarse tanto como los que no tienen privilegios para conseguir las mismas cosas. Generalmente, cuanto más dinero o poder una persona tiene, más privilegios tiene.

–Así que, si no hubiese dinero, no habría privilegios. La gente sería igual porque tendrían que hacer el mismo trabajo para obtener algo. ¿No sería maravilloso si, al sentir la gente esta paz dentro de sí, sin miedo, ira, o culpa, no tuvieran ningún obstáculo para convertirse en lo que siempre han querido ser? Aunque, si no hay dinero, ¿Cómo haría la gente para obtener la comida o la ropa que necesitan?

–Bueno, tendría que haber un sistema de intercambio de servicios por comida, supongo. Tendríamos todos que volver a lo básico, vivir de la tierra para sobrevivir y ayudarse unos a otros para formar comunidades. La gente prospera cuando vive en comunidad. Los seres humanos no sobreviven en aislamiento durante mucho tiempo.

La cabeza de Wind le daba vueltas imaginando una comunidad ideal donde todos se ayudaban unos a otros, y se quedó dormida. Soñó cómo su ciudad se transformaba y mejoraba. La gente comenzó a desplazarse caminando y en bicicleta únicamente para evitar la contaminación. En su sueño había una máquina que se llamaba 'teleportador', que funcionaba con hidrógeno, energía limpia, y renovable, y se utilizaba para ir de un lugar a otro. Llevaría un máximo de treinta segundos viajar al lugar más lejano de la Tierra. En su pueblo, los niños eran los maestros de los adultos. Había un centro de la conciencia donde los adultos, que habían recibido un calambre en sus eventos, o los que no habían experimentado su evento todavía, aprendían el modo de encontrar paz en su cuerpo-mente y el modo de hacerse y mantenerse conscientes de sí mismos y su potencial. Wind estaba enseñando una clase de adultos en un edificio increíble con unos techos altísimos y unos ventanales enormes cuando su madre la despertó.

Estaban aterrizando en el aeropuerto Dulles de Washington. Rápidamente Wind cogió su diario de los sueños y escribió sobre su sueño antes de que se le olvidase.

Estiró los brazos y las piernas y miró a su alrededor. Wind notó que no eran los únicos que se dirigían al monumento de Lincoln, aunque su hermana y ella eran los únicos niños. Los demás eran probablemente estudiantes universitarios y otros adultos que querían protestar por diversos motivos. Se dio cuenta por las camisetas que llevaban hechas especialmente para este día de la manifestación. Todos estos manifestantes estaban entusiasmados y ansiosos de tener la oportunidad de cambiar su futuro.

Wind esperó en el pasillo del avión y utilizó el tiempo para agarrarse a la pasajera que estaba delante de ella, una chica joven con una brillante y larga trenza pelirroja y alegres ojos verdes, probablemente una estudiante universitaria que estaba hablando con su amiga. Wind apoyó su mano sobre la chica y esperó su reacción. Cuando la mujer se dio la vuelta hacia Wind, ella se presentó.

–Me llamo Wind Smith. ¿Cómo te llamas? ¡Me encanta tu trenza! ¿Es tu color natural?

–Encantada de conocerte, Wind Smith –dijo la chica, chocándole la mano de Wind. –Me llamo Penélope, pero me llaman Pen, y gracias, sí, es mi color…– antes de que Pen pudiese acabar la frase respiró profundamente– …natural –dijo y luego tomó aliento nuevamente. Su expresión facial se transformó de una sonrisa amable a una de sorprendente satisfacción y finalmente a una mirada penetrante y serena.

–Es por esto por lo que mi familia y yo hemos venido a Washington. ¿Nos ayudarías a propagarlo? –Wind dijo esto con tanta confianza que Pen no pudo evitar preguntar:

–¿Quién eres?

–Soy Wind Smith –dijo otra vez en una orgullosa postura–. Te lo contaremos todo de camino a la manifestación. Podríamos ir juntos. Pero antes dale la mano a tu amiga, por favor.

Pen hizo lo que le pidió Wind. Se volvió a su amiga, Melanie, sentada a su lado y sin soltarle la mano a Wind, alcanzó con su mano izquierda la de su amiga. Lo mismo que le había sucedido a Pen le pasó a Melanie, y en los pocos minutos en que los pasajeros esperaban a que la puerta del avión se abriese, de mano en mano, todos se hicieron uno en una cadena de consciente conciencia. Incluso, aunque los pasajeros ya le habían aplaudido al piloto por el buen aterrizaje, todos volvieron a aplaudir formando un círculo por su nueva comprensión de las cosas. Wind estaba satisfecha y predijo un día de éxito y cruzó los dedos.

Después de recoger su equipaje, Wind y su familia se dirigieron al autobús que los llevaría al hotel y luego al monumento a Lincoln. Casualmente, Pen, Melanie y su grupo se alojaban en el mismo hotel así que fueron juntos. Eran veinte estudiantes de la universidad técnica de Virginia que querían exigir al Congreso la reforma para el control de armas. Era el aniversario de un tiroteo en el campus de la universidad y no se había hecho nada para tomar medidas de protección. Los estudiantes estaban hartos y cansados de esperar un cambio, y de no sentirse seguros.

12

Futuro

Después de dejar el equipaje en el hotel, el autobús llevó a Wind y su familia a pocas manzanas del *Lincoln Memorial*. La mayoría de la gente que caminaba por estas calles iba en dirección a la manifestación con pancartas, banderas y señales de protesta. Wind y su familia no llevaban ninguna ropa distintiva ni pancartas de protesta. Simplemente se unieron al grupo de Pen y Melanie y al resto de la multitud. Todos giraron la última esquina antes de entrar en el parque junto al monumento, y Wind se quedó asombrada al ver el colorido enjambre de hombres, mujeres y niños de distintas edades, todos caminando en la misma dirección. Estaba estupefacta.

Todos se dirigieron juntos hacia el *National Mall*, y Wind deseó que no se produjeran incidentes hoy. 'Incidentes' era el término que le daban a los ataques cardíacos como consecuencia de la transmisión de la energía de conciencia. Podría ser demasiado pedir el difundir la conciencia sin ningún ataque cardíaco o calambre; era improbable. La mayoría de los manifestantes eran adultos, y algunos de ellos podrían estar enojados y frustrados, desesperados por un cambio, y eso podría desencadenar problemas. Si ocurrían ataques cardíacos y calambres, podrían atraer demasiada atención, especialmente porque había cámaras de televisión en los alrededores. Wind esperó que fuese lo mejor posible y fue a unirse a la marcha.

Había todo tipo de grupos allí fuera, cada uno con una camiseta diferente de brillantes colores con el logo de su organización. A la cabeza de cada grupo, una línea de personas sostenía una banda con un lema o una petición. Wind y su grupo se pusieron detrás del grupo delante de ellos y siguieron andando hasta que el parque estaba tan lleno que no se podía avanzar más.

Pen, Melanie, y sus amigos sabían ahora cómo la propagación de la conciencia había empezado. Senoia se lo contó en el trayecto en autobús. Ella sabía, gracias a su conciencia, que podía contar con su discreción. Estaban todos muy emocionados y dispuestos a ayudar en la difusión de este fenómeno, puesto que se dieron cuenta del momento crucial en la historia que estaban experimentando.

Todos estaban intentando avanzar cuando sonó el móvil de Senoia. Era el doctor Barnard desde el departamento forense del hospital. Senoia no estaba segura de si iba a poder oirle entre tanto ruido de la multitud de la calle, pero respondió al teléfono de todos modos.

–Hola ¿Chris? ¿Qué pasa? ¿Estás trabajando en fin de semana?

–Hola, Senoia. Siento llamarte durante el fin de semana, pero tenemos más de esos casos en los que estás interesada. En realidad, hemos tenido diez nuevos casos en las últimas veinticuatro horas. Por eso estoy trabajo horas extra y por eso te llamo. Tendremos que enviar la mitad de ellos a otros hospitales, y quería comunicártelo antes de mandarlos, por si te quieres pasar por aquí antes. Todos tienen las mismas características. Es todavía pronto para decirlo, pero parece que todos estos casos tienen el mismo origen, y podría ser el comienzo de una epidemia.

–Gracias por avisarme, Chris. Ahora estoy fuera de la ciudad, pero volveré el lunes por la mañana y voy a verte entonces. No te preocupes por los casos que tenéis que transferir. Tendré suficiente con los que os quedéis. Gracias de nuevo, y nos vemos el lunes.

–Está bien. Disfruta del fin de semana. Adiós.

Como Senoia había predicho, los casos de ataques cardíacos se multiplicaban a medida que la conciencia se propagaba. Ella se preguntaba cuánto tiempo les llevaría a los científicos hacer la conexión entre ambos fenómenos. Con suerte para cuando eso sucediera ya habría poco que hacer sino aceptarlo y adaptarse.

Cuando Senoia colgó, pudieron caminar un poco más hacia adelante y terminaron en el medio de *National Mall*. En ese momento ya no pudieron caminar más. La mitad del parque estaba lleno y detrás de ellos, más y más grupos de gente seguían llenando la otra mitad rápidamente. La familia Smith y su grupo se detuvo, afortunadamente, en un área con sombra en el lateral derecho del largo y rectangular estanque reflectante del centro del *National Mall*. Era el lugar perfecto para estar de pie durante un rato y no padecer una insolación pues era un día muy soleado y de calor de septiembre.

Así comenzó la 'Operación Consciencia'. Todo el grupo, la familia Smith y los estudiantes de *Virginia Tech*, se miraron entre sí como señal de preparación, entonces extendieron los brazos y se dieron las manos. Hicieron filas entrelazadas, conectadas en el extremo derecho por la última mano derecha de la fila de delante, y en el extremo izquierdo, por la mano izquierda de la fila de atrás, haciendo una serpiente humana gigante. Así la conexión permanecería el tiempo suficiente para difundir la conciencia de forma eficaz. Cuando todo el grupo estaba conectado, la primera y la última persona en ambos lados ofrecieron la mano al desconocido de su lado como una invitación de amistad, con confianza y sin miedo. La cadena comenzó su efecto dominó con armonía y sin interrupción, subiendo por las filas hacia delante hacia el *Lincoln Memorial* y bajando hacia el *Washington Memorial*. Una suave onda de respiraciones se sentía hacia arriba y abajo de la cadena, y en pocos minutos, resonó más y más fuerte en el parque con su singular acústica.

Después de lo que parecieron minutos, pero fueron un par de horas, de un coro de zumbidos, la cadena se rompió de forma natural, con algunos disturbios en lugares difíciles de localizar por el sonido de voces preocupadas. Momentos más tarde las sirenas de ambulancias les informó de que la desventaja de la transformación era inevitable. Senoia asumió que algunos de los presentes habían sufrido ataques cardíacos. Ella y Alex decidieron que era hora de marcharse al hotel. Se despidieron de Pen, Melanie, y sus amigos, les desearon buena suerte, e intercambiaron su información para mantenerse en contacto.

Querían estirar las piernas después de estar tanto tiempo parados y de pie. El hotel no estaba demasiado lejos, alrededor de unas veinte calles así que decidieron caminar.

«¡Crack!» Fue lo que Wind oyó y sintió en su pie derecho después de tropezar en la acera y caer sobre su lado derecho mientras caminaba calle abajo por la *Constitution Avenue*. «¿Qué ha pasado?» Había apoyado el pie entre dos losas de piedra, una estaba más alta que la otra. El tobillo derecho se torció, perdió el equilibrio y cayó al suelo. Se levantó, pero el lateral del pie le dolía a rabiar, no como otras veces que se lo había torcido mientras corría o jugaba al fútbol. Wind fingió que el dolor no era para tanto. Les dijo a su madre y a su padre que estaba bien y siguieron caminando hacia el hotel, pero tuvieron que acabar tomando un taxi. Cuando llegaron, Senoia insistió en ponerle hielo sobre el pie. Wind se recostó e intentó ser una buena paciente. Tenía que estarse quieta por lo menos veinte minutos así que, para no aburrirse, le pidió a su madre que le llevase su diario y pasó el rato escribiendo los acontecimientos del fin de semana. Wind no quería perderse la visita a la Casa Blanca que habían planeado un mes antes, así que Senoia hizo los preparativos para que fuese toda la familia. Solicitó al hotel que llamasen a un médico. Una doctora fue a la habitación y le revisó el pie de Wind. Se le había hinchado y puesto morado y le recomendó que pidiese cita con un ortopeda y se hiciese radiografías para descartar una fractura. Mientras tanto, le aplicó una crema antiinflamatoria, le vendó el pie, y le recomendó mantenerlo elevado.

Después su madre alquiló una silla de ruedas y se dirigieron a la Casa Blanca. Wind llevó su diario con ella y siguió escribiendo de camino en el taxi.

Rain tenía esperanzas de ver a la presidenta y al primer caballero, lo que era muy improbable. El título 'primero caballero' había sido adoptado cuando salió elegida la primera mujer presidenta, pero ya nadie lo utilizaba. Wind le pidió a Rain que por favor no lo llamase así. El título sonaba ridículo y muy anticuado, igual que 'la primera dama', que se utilizó por última vez cuando el cónyuge del presidente había sido una mujer. Un día, discutiéndolo en la mesa a la hora de la cena, Senoia y Alex les preguntaron a las niñas qué pensaban del asunto. Debatieron qué título dar al marido de una mujer presidenta y cada una dio su opinión. Wind preguntó por qué debería tener un título él si era la mujer la que había sido elegida. Para Wind el motivo era solo por las apariencias.

–¿Por qué no ser simplemente 'el cónyuge' de la presidenta? –había preguntado Wind.

Alex mencionó que, desafortunadamente, una gran parte de la política era sólo por y para las apariencias, y la gente se conformaba.

–Yo creo –dijo Rain– que los términos 'primera dama' y 'primer caballero' le dan a la posición, distinción e importancia, que, en mi opinión, ese trabajo tiene.

Wind estaba recordando esta conversación y también pensó si, en un futuro cercano, todavía tendrían una presidenta y un primer caballero.

13

Dolor

La completa experiencia de la visita a la Casa Blanca fue muy distinta a lo que se había imaginado Wind. En primer lugar, el mundo se veía muy diferente desde una silla de ruedas. Su madre no le dejaba mover la silla por ella misma, así que no tenía control de dónde podía ir, y no podía deambular como lo solía hacer normalmente. Además, Wind no podía hablar con Rain, su madre o su padre porque todos caminaban detrás de ella. Wind se sentía intranquila.

Otro problema era que tenían que adaptarse a las áreas que se podían acceder con silla de ruedas. Les indicaron el camino a la planta baja, pero aun así Wind no podía vagar por los alrededores como ella deseaba. Eso la hizo sentir limitada. También notó que la gente la miraba de manera diferente, con una mezcla de compasión, comprensión distante e indiferencia. Como si le dedicasen cinco segundos de sus pensamientos a reconocer que alguien frente a ellos era minusválido. Algunos de ellos parecían ser compasivos, pero de inmediato se olvidaban de ello porque no era parte de su mundo, y probablemente pensaban que nunca les sucedería a ellos. Eso la hizo sentir aislada.

Wind notó el mármol liso de los suelos de la Casa Blanca. Ella quería rodar rápido con la silla de ruedas, pero su padre no la dejó. Rain estaba decepcionada porque no había visto a la presidenta, pero se sintió mejor después de comprar un recuerdo en la tienda de regalos. Wind quiso una taza con una imagen de la Casa Blanca de un lado y una foto de la presidenta del otro lado. Rain quiso una funda para el móvil.

Mientras caminaban por las distintas salas del edificio principal, Wind se dio cuenta de que la Casa Blanca era por lo menos veinte veces el tamaño de su casa, y la familia de la presidenta era del mismo tamaño que la suya, incluso con los mismos miembros: un padre y una madre, dos hijas, y una abuela. Y Wind sabía que su casa era mucho más grande que la mayoría de las casas unifamiliares. «¿Por qué la familia de la presidenta necesita una casa tan grande?» Senoia le explicó que en La Casa Blanca se llevaban a cabo muchos eventos. No era solo una residencia, una casa. Además, estaba todo el equipo de seguridad que era necesario para proteger a la presidenta y a su familia de cualquier daño que alguien pudiera querer causarles. Eso le hizo preguntarse a Wind si su presidenta, si es que todavía tenían una o uno, o cualquier otro presidente, necesitaría protección en el futuro. Una vez más se preguntaba: «¿Habría incluso un presidente en el futuro? ¿Podría la gente autogestionarse y autogobernarse en pequeñas comunidades?»

Era hora de cenar y ya había terminado la visita, así que fueron a un restaurante cerca de *Pennsylvania Avenue*. Wind tenía que ir al aseo. No estaba supuesta a apoyar el pie así que tendría que ir saltando sobre el pie izquierdo para moverse. Su madre empujó la silla de ruedas hasta el baño de discapacitados, y estaba ocupado. Esperaron en la fila, y una niña con unas coletas negras rizadas se acercó a Wind y la observó, después la silla y después su pie. Le preguntó:

–¿Qué te ha pasado en el pie? ¿Te duele? Esta silla de ruedas mola ¿Verdad?

–Bueno, duele un poco. Me torcí el tobillo y me caí encima del pie. Un minuto estoy bien, y el siguiente estoy en una silla de ruedas –le dijo Wind mientras le ofrecía su mano a la niña–. Me llamo Wind. ¿Cómo te llamas tú? –Wind le preguntó.

–Yo soy Sasha. Espero que te sientas... –Respiró hondo mientras recibía la energía– ... mejor pronto. –Luego le mostró a Wind una gran sonrisa y le soltó la mano despacio– Gracias, Wind.

–Gracias a ti, Sasha. Fue un placer conocerte.

Una mujer con piernas perfectamente sanas salió del baño de discapacitados, y la madre de Wind empujó la silla para ayudarle a entrar, así que las dos niñas se despidieron. Wind pensó en qué difícil era todo pudiendo utilizar solo un pie, incluido ir al baño. Las barras, el inodoro y lavabo tan bajos tenían sentido ahora. Se alegro mucho de que este baño estuviese disponible.

Cuando Senoia y Wind salieron del baño, Alex ya había pedido la cena. Wind no tenía hambre en absoluto. Los acontecimientos del día la mantuvieron ocupada. Había estado ocupada pensando todo el día. Sentía que tantas ideas la llenaban por completo incluso su estómago.

Wind notó más que antes a otras personas en sillas de ruedas o con otro tipo de discapacidad. Se miraban unos a otros durante un breve momento y compartían una comprensión mutua de las cosas, una sensación de apoyo el uno por el otro. Comprendían lo duras que podían llegar a ser algunas cosas, y lo compartían en silencio.

El resto del día lo pasó medio aturdida. Cuando regresaron al hotel, Wind estaba cansada. El pie estaba dolorido e hinchado. Necesitaba tumbarse y ponerle hielo.

La siguiente vez que movió el pie era por la mañana. Senoia y Alex estaban haciendo las maletas, preparándose para dejar el hotel y volver a casa. Wind llamó a Wendy y a Wesley y les dijo lo de su pie. Se sintieron horrible por ella. Ella les dijo que podría haber sido peor y que estaba bien.

—⚬—

En realidad, Wind no estaba tan bien después de todo. Al llegar a casa, su madre la llevó al hospital. Las radiografías mostraron que tenía el pie roto — para ser precisos, el quinto metatarsiano de su pie derecho estaba roto. Necesitaría usar una silla de ruedas o muletas durante, al menos, dos semanas porque no podía apoyar el pie. Después de ese tiempo, dependería de cómo iba curando la fractura.

Ella estaba bastante desanimada debido a todos los planes que tendrían que cambiar. Tuvieron que cancelar el viaje a New York. Parecía como si todo estuviese yendo demasiado rápido, y ahora tenían que frenar; al menos Wind necesitaba ir más despacio, y no sabía cómo. Por lo general sólo iba más lentamente cuando escribía en su diario. Quizá ahora era el momento de pensar como cuando escribía sus pensamientos e ideas. Escribiría sus planes, y luego los compartiría con sus amigas.

Su madre llamó a su padre desde el hospital para darle la noticia sobre el pie de Wind.

–¡Qué mál! –dijo Alex– ¿Te han dejado la silla de ruedas en el hospital?

Cuando Senoia dijo que sí, él le hizo una pregunta de lo más extraña.

–¿Crees que podrás solicitar una segunda?

–¿Por qué necesita una segunda? –le preguntó Senoia.

–No te lo vas a creer, pero Rain tropezó con la alfombra de la sala y se cayó y tiene el pie derecho hinchado y amoratado. Se le ve igual que el de Wind.

Senoia se quedó helada.

–¡No puede ser! ¡Qué locura! Está bien, tráela aquí. Yo ya he pedido el día libre en el trabajo. Me quedo yo con las dos y las llevo yo a casa.

Le comunicó a la enfermera en el mostrador de urgencias que su otra hija estaba de camino con la misma lesión. ¡La enfermera no se sorprendió! Dijo que el pasado verano habían tenido lo que parecía una epidemia de huesos rotos por todos los casos que habían tenido en urgencias. Ahora era septiembre, un mes en el que la gente volvía a la rutina del trabajo y la escuela después de las vacaciones de verano. Este septiembre sería distinto. Las salas de urgencias se llenarían de casos mucho peores que huesos rotos. Senoia y Wind se miraron. Wind pensó, «verano de huesos rotos, otoño de corazones rotos».

Alex y Rain llegaron a la sala de urgencias en veinte minutos. Rain parecía devastada. Lo primero que preguntó fue:

–Mamá, yo todavía puedo ir al concierto de Harry Styles, ¿Verdad? Yo no creo que tenga el pie roto como Wind, pero si es así, yo no quiero ir a la escuela en una silla de ruedas. Eso sería tan vergonzoso.

Senoia miró a Alex, y pensó, «¿Qué posibilidades habría?»

Alex dijo:

–Me dices en cuanto sepas algo. Tengo que volver al trabajo.

Como temían, el pie de Rain también estaba roto — quinto metatarsiano del pie derecho. La misma fractura, el mismo pie, el mismo tratamiento. Senoia, como madre, pero también como científica, se preguntó cómo serían de diferentes los procesos curativos de cada una de sus hijas considerando lo distintas que eran sus personalidades. Lo verían con el tiempo.

—∽∾—

Parecía que el tiempo se había ralentizado. Los acontecimientos de la propagación de la consciencia y la epidemia de ataques cardíacos habían llegado a la familia Smith rápida e inesperadamente en los últimos días, pero ahora para ellos, las cosas necesitaban ir más despacio. Sus actividades diarias tenían que ser planeadas dependiendo de lo accesible que fuera el entorno de las niñas. La clase de Wind estaba en el tercer piso de su colegio. No era accesible para discapacitados, y la directora no hizo nada para acomodarla. ¡No era de extrañar! La clase de Rain sí era, pero, después de conversaciones con las directoras de los dos colegios y la superintendente del distrito, el distrito escolar acordó mandar a un tutor a la casa para instruir diariamente a las dos niñas hasta que pudieran volver a la escuela. Las dos hermanas se alegraron con este acuerdo. Ambas se sentían agotadas a mediodía solo de moverse por la casa en la silla de ruedas o con las muletas. Tenían el pecho y las manos doloridos de cargar su peso sobre las muletas o por girar las ruedas de la silla.

Por otro lado, el pie de Wind se sentía mucho mejor que el de Rain. El pie de Rain estaba más hinchado y dolorido. La doctora Wind había demostrado nuevamente su teoría sobre cómo las emociones jugaban un gran papel en la salud física. Cuanto más positivas eran las emociones, menor era el dolor y las enfermedades que uno sufría. Wind era una persona mucho más positiva que Rain. Ella veía el lado bueno de las cosas la mayoría de las veces. Rain, sin embargo, tendía a fijarse en lo negativo o la falta de cosas. La doctora Wind estaba reflexionando sobre esto y predijo que Wind tendría una más rápida y cómoda recuperación.

Después de dos semanas, la siguiente serie de radiografías mostró que los pies de las dos niñas estaban curando, pero el de Wind estaba curando más rápido y tenía mejor aspecto. En ese tiempo, la diferencia era que Wind intentaba mantener su horario y sus planes y Rain evitaba toda clase de actividades e interacciones. Rain se lamentaba de su situación y Wind utilizó su lesión como una oportunidad de ver la vida desde una perspectiva diferente. Incluso aunque Rain era consciente de su conciencia, su personalidad todavía la hacía sentir más negativa que positiva la mayoría de las veces. Simplemente necesitaba practicar positividad.

Senoia trató de hacerle ver la diferencia a Rain –¿Ves lo importantes que son los pensamientos positivos para tu recuperación? Ahora lo puedes ver más directamente. Es un pequeño esfuerzo que haces al principio, pero verás después lo gratificante que es. ¿Crees que puedes darle una oportunidad?

–¡Por supuesto! La verdad es que es un rollo sentir este miedo dentro de mí que parece paralizarme.

–Bueno, te propongo que no le llames 'miedo'. Simplemente dale un nombre, como si fuese una visita o amigo que aparece inesperadamente. ¿Qué te parece 'Frank'? Cuando sientas que 'Frank' va a llegar, puedes tener una conversación con él. Le miras directamente a los ojos y le dices que no vas a dejar que te manipule, que te distraiga o que te asuste. Eso te asegurará que eres más fuerte de lo que crees y verás cómo, poco a poco, te sentirás mejor. Te he traído un cuaderno, para que apuntes tus conversaciones con 'Frank'. ¿Qué te parece? –Senoia preguntó Rain.

Rain asintió con la cabeza, cogió la libreta de la mano de su madre y le dio un abrazo.

Para Wind, la fractura de su pie, incluso le ayudó a pasar más desapercibida. Ella era casi invisible en la silla de ruedas. La mayoría de la gente de la calle la ignoraba, así que eso la ayudó a propagar la conciencia sin ser percibida.

La doctora Wind sabía que sus circunstancias podían jugar en su beneficio dándole fácil acceso a lugares a los que no habrían tenido acceso, como centros de rehabilitación y consultas médicas — lugares donde había personas con gran necesidad de la consciencia que Wind estaba extendiendo.

Como solución a la cancelación de su visita a New York y a un área muy diversa, Wind y sus amigas decidieron poner un aviso en el video de YouTube 'Abre tu Corazón', pidiendo a todos los espectadores que hicieran una versión en otro idioma diferente al inglés con el reto de tener el video traducido en cuántos más idiomas como fuese posible.

En la ciudad a Wind se la conocía como "la que susurra energía". Todo el mundo sabía lo que estaba haciendo, pero nadie veía la necesidad de hablar sobre ello. Era un secreto a voces. La voz se corrió de ciudad en ciudad. Para cuando Wind y Rain empezaron a caminar, primero con la ayuda de una muleta y después con una bota ortopédica y rehabilitación diaria, su mundo había cambiado tremendamente. En seis semanas la población había disminuido el veinticinco por ciento y seguía bajando cada día. Sin embargo, los sobrevivientes estaban en paz o aprendiendo a sobrellevarlo. Cada hospital y centro de salud del condado, dirigido por la doctora Wind, había establecido un departamento de la consciencia para ayudarle a la gente a entender lo que estaba pasando.

Mientras tanto, su distrito escolar evolucionó con una transformación consciente. No fue una sorpresa que la directora de la escuela de Wind, la señora Pye – una administradora establecida en sus costumbres que se había olvidado cómo ser una educadora –, y su secretaria, la señora Milkman, ambas tomaron una baja médica por razones obvias: tendrían que cambiar su actitud y comportamiento si querían sobrevivir. Todos los demás maestros, personal y administradores de ambas escuelas, con pocas excepciones, se habían transformado y deseaban ser parte del cambio.

Un día, después de que su tutor se había ido, Wind notó que Rain había estado muy callada. Wind vio que había estado escribiendo en una libreta y le preguntó qué planeaba. En principio, Rain no se lo quería mostrar a Wind, pero ella insistió, así que Rain se lo dejó leer:

El Otoño Perdido de los Huesos Rotos

Dos caminos se cruzan, unidos por sangre, dolor, y casualidad.
El destino es caprichoso y cambia nuestros planes.
Nuestra perspectiva cambia.
Observamos lo que nunca habíamos visto antes.
Nos damos cuenta de lo privilegiados que somos,
Los que no tenemos barreras.
Esto es temporal para nosotros, pero para algunos,
Este es su día a día para toda la vida.

Es lo que nos hace sentir que podría ser peor.
A nosotros nos arruina un otoño
Pero pronto pasará.
Así que tratamos de superar nuestros miedos,
De la silla de ruedas a dos muletas.
De dos muletas a una, de una a ninguna.
Con lociones, masajes y baños de pies.
Antes de que nos demos cuenta,
Llega el próximo verano.
Caminamos por la orilla del mar
Recordando el anterior.
Nuestro pie está curado
Y pensamos en el amor y atención recibidos
Y lo poco que en realidad perdimos.

Wind tenía lágrimas en los ojos y le dio a su hermana un fuerte abrazo. Las dos chicas se comprendían más y más cada día. Rain empezaba a ver la luz al final del túnel. Ella nunca se habría imaginado que sería su hermanita pequeña la que más la iba a ayudar. Se suponía que ella tenía que ser su ejemplo por ser la hermana mayor, pero en este momento estaba aprendiendo a no dejar que su orgullo se interpusiese, así que sonrió y le dijo a su hermana:

–Venga, vamos a comer algo. ¿Tienes hambre? Te voy a hacer uno de esos sándwiches de queso a la plancha que te gustan tanto.

–Gracias, Manita. Con mucho queso, por favor –le dijo Wind haciéndosele la boca agua.

Rain estaba haciendo los sándwiches de queso cuando sonó el timbre de la puerta principal. «¿Se habrá olvidado Mamá o Papá las llaves de casa? Todavía es temprano para que vuelvan a casa». Pensó Wind. Ella rodó su silla de ruedas hasta la puerta y la abrió. Para su sorpresa era la señora Pye la que estaba en la entrada de la casa.

–Hola, Wind, ¿Cómo te encuentras hoy? ¿Cómo te está curando el pie? –le preguntó la señora Pye con su manera alegre pero falsa, antes de que Wind la pudiera saludar.

–Hola, señora Pye. Mi pie está bien. Mis padres no están en casa si es que usted ha venido a verlos. Puedo llamar a mi madre y preguntarle a qué hora espera regresar. –Wind no quería invitar a entrar a la señora Pye sin estar sus padres presentes. Ella recordaba el calambre que le había dado el último día que había ido a la escuela y no quería arriesgar cualquier incidente.

–Bueno, en realidad, he venido a hablar contigo. Me acerqué hasta la escuela porque, yo no sé si te habrán contado que no estoy trabajando en el colegio en estos momentos. De todos modos, los niños de la escuela están actuando de forma extraña. ¿Cómo diría yo?... No actúan como niños. ¿Sabes a qué me refiero? Me preguntaba si tú sabes qué está sucediendo.

Wind no le dejaba a la señora Pye entrar en la casa. Estaba sosteniendo la puerta y su silla de ruedas ocupaba todo el espacio entre la puerta y el marco de la puerta. Estaba pensando qué decir cuando vio el coche de su madre aparcando al lado de la casa. Había regresado a casa temprano.

–Ya ha llegado mi madre. Seguramente preferirá hablar con ella –dijo Wind.

La señora Pye se dio la vuelta para ponerse de cara al coche y esperó en la entrada de la casa a que Senoia saliese del coche. Senoia salió.

–Señora Pye, ¿A qué se debe su visita? –preguntó Senoia mientras abría el maletero y sacaba dos bolsas de compra.

–Siento no estrecharle la mano. Por favor, pase –dijo Senoia al llegar al porche y entrar en la casa.

Wind ya había regresado a la sala de estar y estaba comiendo el sándwich de queso que Rain le había hecho.

–¿Puedo ofrecerle una taza de café o té, señora Pye? Y por favor siéntese. Vuelvo enseguida –Senoia le ofreció.

–Un café estaría bien, gracias – respondió la señora Pye, otra vez con un tono exagerado de cortesía. Se sentó en uno de los sillones en la sala de estar. Su expresión cambió cuando vio a Rain salir de la cocina también sentada en una silla de ruedas. La observó, después miró a Wind y luego a Rain otra vez frunciendo el ceño.

–El café estará listo en un minuto –dijo Senoia, saliendo de la cocina y caminando hacia la señora Pye.

La directora cambió su fruncido ceño por una amplia sonrisa fingida y no dijo nada.

–Bueno, ¿Qué puedo hacer por usted? He oído que se tomó un tiempo libre. ¿Está todo bien? –Senoia le preguntó mientras se sentaba frente a ella.

–Bueno, la verdad es que no. ¿Sabe? Me empecé a encontrar no muy bien hace unas semanas. No quiero molestar con mis problemas de salud, pero he estado pensando que justo cuando yo me empecé a encontrar enferma, la secretaria del colegio, la Señora Milkman, también empezó a tener los mismos síntomas, lo que es extraño ¿No? –ella no dejó que Senoia diese su opinión y siguió hablando–. Y con la coincidencia de que fue al mismo tiempo en que Wind se rompió el pie y no volvió al colegio. Desde entonces, el resto de la escuela ha estado actuando de una forma muy inusual. Usted podría pensar que estoy loca, pero yo creo que todo está conectado.

–¿Qué quiere decir con 'inusual' y qué está conectado? No sé si la sigo –Senoia respondió con cara de póker.

–Supongo que estoy haciéndole perder su tiempo y el mío, señora Smith. También traté de explicárselo a los doctores que me están tratando, pero ellos tampoco lo entienden. Verá, entré en un ensayo clínico con otros pacientes que tienen los mismos síntomas que yo. Me dijeron que están tratando de encontrar una cura o vacuna y que intentase pensar en las circunstancias que me rodeaban cuando comencé a sentirme mal y creo que, de alguna manera, comenzó en la escuela. Y hoy, antes de parar aquí, fui a visitar la escuela y todo ha cambiado. No sé cómo explicarlo, pero se siente como si fuera una escuela diferente –explicó.

–Yo no sé cómo puedo ayudarle. Wind lleva semanas fuera de la escuela desde que se rompió el pie, así que no he estado en contacto con la escuela para nada. ¿Tiene esto algo que ver con mi familia? –Senoia le preguntó tratando de sonar casual. Entonces olió el café y supo que estaba listo–. Disculpe un momento. Vuelvo enseguida con el café. – Senoia se levantó y fue a la cocina y regresó enseguida con una bandeja con la cafetera, dos tazas de café, una lechera y un azucarero.

–¿Cómo le gusta el café, señora Pye? –preguntó Senoia.

–Solo y con dos de azúcar, por favor –y siguió hablando–. Bueno, le comenté el ensayo clínico a la subdirectora de la escuela y me dijo que usted trabaja en el mismo lugar donde están haciendo el ensayo clínico. ¿Sabe lo avanzada que va la investigación? ¿Cree que encontrarán la cura pronto? Quizás pueda preguntar en su trabajo –sugirió la señora Pye.

Senoia había servido el café y estaba sorbiendo el suyo. Casi se quema los labios mientras pensaba qué responder.

–Yo no trabajo en ese departamento. Estoy investigando el cáncer. Lo siento. El Instituto Nacional de Salud es una institución muy grande y no nos conocemos todos, pero voy a preguntar de todos modos y le haré saber si tengo cualquier noticia ¿Vale? Siento no ser de mayor ayuda –dijo Senoia y se sintió mal por tener que mentir a la señora Pye.

La señora Pye miró a Wind y a Rain otra vez antes de levantarse.

– ¿Y qué pasó aquí? ¿Cómo es que sus hijas están las dos en silla de ruedas? Si no le importa que pregunte.

–Fue una extraña coincidencia. Las dos se rompieron el pie. Primero Wind y al día siguiente, Rain. ¿No es increíble? –Senoia sonrió y se encogió de hombros con resignación.

–En realidad no estoy sorprendida con la cantidad de cosas extrañas que están pasando últimamente. De todos modos, no le ocuparé más su tiempo –dijo la directora. Dejó su taza de café en la bandeja, se levantó y se dirigió a las niñas que estaban sentadas en sus sillas una al lado de la otra. Les mostró una vez más su ceño fruncido de curiosidad y se dio la vuelta.

Senoia le acompañó a la puerta, la abrió y la sostuvo con ambas manos evitando darle la mano.

–Que se sienta mejor, señora Pye, me alegro de haberla visto.

La señora Pye sonrió y dijo adiós. Senoia se sintió aliviada de verla marchar.

14

Éxito

Cada mañana, Wind, como había estado haciendo durante un tiempo, escribía en su diario los sueños que recordaba de la noche anterior. Solía soñar con el mundo futuro. Después del viaje a Washington D.C., soñó otra vez con el teleportador, así que se lo contó a su padre. Alex recordó que, diez años atrás, su equipo y él habían hecho planos de una máquina similar. En aquel momento, no habían podido obtener la financiación para investigar más, y nunca más pensó en ella. Ahora era la oportunidad perfecta para darse otra oportunidad. Alex contactó con su equipo para informarles que había encontrado lo que habían estado buscando. Alex tenía esperanzas de que tuvieran un prototipo en seis meses. Comprendió lo importante que era para que el mundo de Wind funcionase: pequeñas comunidades trabajando juntas. Se acabaría la competencia. Sólo funcionaría la cooperación entre comunidades.

Wind quería parar por el almacén de su padre para ver el progreso del prototipo después de meses de trabajo intenso. Hoy era un gran día. Iban a iniciar los primeros ensayos. Alex fue a casa a la hora de comer para recoger a Wind y a Ulisi y enseñarles los alrededores. Su trabajo estaba en la parte industrial de la ciudad, donde todos los edificios eran cinco o seis pisos de altura por los que se entraba por puertas de garaje. Los únicos vehículos por la zona eran grandes camiones y tráileres, y las carreteras eran muy amplias, sin aceras para peatones. Todo muy comercial, frío e impersonal.

El equipo de Alex estaba desarrollando dos prototipos en su almacén y otros dos prototipos se estaban desarrollado simultáneamente por otro equipo de ingenieros en Hawai'i.

Los dos equipos harían dos pruebas de teleportación en cada almacén. En la primera prueba iban a teleportar un objeto entre los dos teleportadores en cada almacén. Si tenía éxito, harían la segunda prueba: teleportarían el mismo objeto de uno de los teleportadores en el almacén de Alex a uno de los teleportadores en el almacén de Hawai'i. Si la segunda prueba tenía éxito, eso probaría que la distancia no era un factor en el proceso de teleportación. Esos cuatro teleportadores eran la clave para que todo el proyecto funcionase.

Cuando llegaron al almacén, Alex tecleó su contraseña en el teclado de la puerta principal. Al entrar, una guardia de seguridad los saludó, y Wind dijo hola. Ulisi se quedó atrás con su planta mientras un ayudante del almacén le ayudaba a bajarla de la camioneta y ponerla en un carro.

Alex escaneó su huella dactilar y retina para tener acceso a la zona restringida donde estaban los prototipos. Luego caminó a una habitación para que le tomasen las huellas dactilares de Wind y le escaneasen y registrasen su retina, así la próxima vez que viniese ya estaría en el sistema. Ella también recibió una tarjeta de identidad con un código de barras.

Entonces Wind y su padre fueron a la estancia principal donde estaba toda la actividad. Gente de blanco caminaba en todas direcciones. Los muebles y la maquinaria estaban muy limpios y eran transparentes. En el medio de la habitación, en dos pedestales elevados, estaban los prototipos: dos cilindros redondos de vidrio transparente, de ocho pies de altura. Parecían ascensores, pero la pared parecía invisible desde un cierto ángulo o en cierta luz. Una mujer alta y flaca en bata blanca — Alex le dijo a Wind que era Berta, parte de su equipo - entró en el teleportador de la derecha con una bicicleta, y se amplió para hacer sitio a la bicicleta como si fuese una enorme burbuja. Se hizo más ancho y más corto. Entonces Berta presionó una tecla del centro de un panel y la burbuja se convirtió en un cilindro alargado sólido que parecía de vidrio .

Alex explicó que la gente podría viajar en el teleportador con sus pertenencias, aunque no podrían ser demasiado grandes, como maletas y bicicletas. Estas serían el principal medio de transporte en la nueva comunidad.

Los teleportadores, una vez terminados, probados y garantizados que eran seguros, serían transportados al futuro modelo de comunidad comunitaria: un pequeño pueblo habitado por personas de todas las edades, habilidades y culturas que trabajarán juntas de manera colaborativa.

Después de seis meses de su primera reunión, Alex y su equipo estaban listos para los primeros ensayos. Habían estado trabajando día y noche. Se daban cuenta de la urgencia de la cuestión y cómo cambiaría el mundo.

En primer lugar, construyeron un almacén con seguridad de primer nivel para mantener el proyecto protegido y privado. Sólo Alex y sus socios de mayor confianza conocían los planos del proyecto, y sólo ellos tenían acceso a ellos. Esta idea del teleportador había existido antes, pero nunca antes se había materializado por falta de inversores. Ahora los socios de Alex sabían que este era el momento de ir a por ello y hacerlo realidad. Este dispositivo haría parecer las distancias mucho menores y el tiempo mucho más corto. Le llevaría a una persona, sin importar la distancia, de un punto a otro del planeta, sólo treinta segundos, igual que en el sueño de Wind. Sería revolucionario. Haría anticuados los coches, los aviones y los trenes y cualquier otro medio de transporte. Ya no serían prácticos nunca más.

El teleportador funcionaría con una combinación de hidrógeno y de energía nuclear limpia. El aparato conseguiría acelerar cada átomo del cuerpo hasta casi la velocidad de la luz, doblando el continuum del tiempo-espacio y acercando dos puntos en el espacio mucho más. Era difícil de entender para una persona común, pero Alex Smith y su equipo habían comprobado las fórmulas matemáticas y creían que era posible.

Después de seis meses estaban listos para los primeros ensayos. Necesitaban utilizar seres vivos: plantas, insectos, reptiles y pequeños mamíferos, y los últimos ensayos antes de los seres humanos serían primates. Contaban con tener que ajustar el teleportador, y que les llevaría por lo menos tres meses más si tenían tres errores antes del primer éxito.

Llegó el día de la primera prueba. Habían escogido la gran 'estrella azul del este', una planta que pertenecía a la suegra de Alex. Ulisi quería contribuir al proyecto y esta era su manera de hacerlo. La parte más importante era que la planta mantuviese su forma molecular intacta. Eso haría que la prueba fuese un éxito. Entonces estarían listos para ensayos con insectos, luego mamíferos, y finalmente seres humanos.

–Papá, me gustaría ser la primera en ser teleportada –dijo Wind a su padre mientras miraba el prototipo–. ¿Pueden ir dos personas juntas? Me gustaría que tú y yo fuéramos juntos.

Alex sabía que Wind era muy valiente pero no tanto. Sería un riesgo enorme que correría y él no estaba seguro si estaba listo para dejarla correrlo.

–No, Cariño, sólo puede ir una persona de cada vez –Alex sólo le respondió a su pregunta.

–Muy poca gente sabe cómo funciona la electricidad –Alex le explicó a Wind–. Aprendemos en la escuela sobre electrones, protones, campos electromagnéticos y otros términos de la física, pero pronto se nos olvidan a menos que nos especializamos en ello como hace un electricista o un físico. Sin embargo, todos sabemos cómo encender una lámpara. De la misma manera, la mayoría de las personas no sabe mucho sobre ciencias de la informática, pero puede aprender a utilizar un ordenador, un smartphone o el internet.

Estos ejemplos ayudaban a Alex a explicar cómo funcionaba el teleportador. No se metía en detalles sobre mecánica cuántica; simplemente mostraba cómo funcionaba:

–Entras en el teleportador. Roger, el miembro de nuestro equipo introduce el destino en el panel y pulsa la tecla 'Start'. Tu cuerpo se desintegra y luego se integra otra vez en el destino. El proceso tarda treinta segundos. –Los ojos del Wind estaban pasmados después de la explicación de su padre.

La suegra de Alex, Ulisi, quería ofrecer su querida estrella azul del este, la planta que había cuidado durante años. Estaba muy encariñada con esa planta. Le podría parecer una tontería a algunas personas, pero la sentía como parte de la familia. Incluso le había puesto nombre: *Ulanigida*, que significa 'fuerte' en cherokee. Ulisi la había traído de la reserva cuando se había ido a vivir con su hija para acordarse de su hogar. Era ella la que la regaba y la fertilizaba y se aseguraba de que tenía suficiente luz y no demasiado calor. A pesar de su apego a la planta, ella quería hacer esto como contribución al proyecto.

Ataron la estrella de Ulisi a la parte posterior de la camioneta de Alex para ser transportada, y luego la llevaron en un carro hasta el almacén. Ulisi empujaba el carro para acercarlo al prototipo mientras le hablaba a Ulanigida suavemente en cherokee. Caminaba lentamente hacia el teleportador. Sólo los científicos se podían acercar tanto, pero por ser la suegra de Alex, hicieron una excepción. Ulisi dijo:

–*Stiyu* –Significaba 'sé fuerte', y también 'adiós'.

Ella le entregó el carro a Alex como cuando una madre entrega su bebé en brazos, con mucho cuidado y manteniendo la vista en ella. Ulisi cruzó los brazos para aplacar los nervios. Sentía que temblaba de la cabeza a los pies. Ella se quedó allí mirando cómo Alex muy cuidadosamente tomaba a Ulanigida y la colocaba en el teleportador. Entonces él respiró profundamente. El gran momento había llegado. Le pidió a Roger que empezase el proceso. Su compañero de equipo tocó el panel para cerrar y bloquear la abertura y fijó el destino para el otro teleportador, que estaba a cinco metros de distancia. Alex no era una persona supersticiosa, pero cruzó los dedos, por si acaso, y miró a Ulisi que se estaba balanceando hacia adelante y hacia atrás y cantaba, con los ojos cerrados. Finalmente, la luz en lo alto de la puerta se puso verde, indicando que el teleportador estaba listo, así que Roger presionó la tecla de inicio. No pasaba nada. No se oía ni una mosca en todo el recinto.

Todo el mundo estaba en silencio y mirando a los teleportadores. Con un repentino ruido sordo, la planta desapareció. Cinco segundos más tarde comenzó a aparecer en el otro teleportador. Era como en los viejos tiempos cuando se revelaba una imagen en papel de fotografía sumergido en líquido, y poco a poco iba apareciendo la imagen, pero esto era en tres dimensiones. Ulisi todavía tenía los ojos cerrados y seguía cantando. No abrió los ojos hasta que oyó a todos aplaudir, silbar, y vitorear. Ulanigida estaba exactamente igual. No mostraba ninguna señal de estrés. Ahora tenían que compararla con la estructura celular antes de la teleportación. El teleportador también tenía la capacidad de realizar un análisis detallado de la muestra y su composición y en cuestión de minutos sabrían si el ensayo había sido un éxito o no.

Ulisi estaba impaciente y quería sacar la planta de esa caja, pero Alex trató de calmarla y le dijo que necesitaba esperar unos minutos por el resultado. Ella no estaba contenta con eso, pero cedió. Alex le pidió a Wind que distrajese a

Ulisi mientras esperaban , así que Wind le contó todo sobre su visita al médico y la rehabilitación.

Sonó un timbre en el teleportador 2, o T2, el que recibió la planta, y se encendió una luz verde en el T1, el que la había enviado, indicando que el proceso había terminado. El informe de la computadora confirmó un cien por cien idéntico.

Ulisi se sintió aliviada. Tan pronto como Alex sacó a Ulanigida del teleportador, Ulisi empezó a acariciarla como si fuera una niña pequeña y le decía palabras dulces y amables. Ulisi se había despedido de ella como si no fuese a volver a verla nunca más, así que no podía creerse que se la iba a llevar otra vez para casa. Alex, Ulisi y Wind se fueron para casa, ansiosos de contarle a Senoia y Rain la buena noticia. No podían predecir que el día de Senoia no había sido tan exitoso.

15

En Juego

En los últimos seis meses, la doctora Wind había intentado pasar desapercibida en el trabajo para que nadie, especialmente el doctor Kahn, adivinase que iba unos pasos por delante de la investigación, boicoteando cualquier antídoto o vacuna contra la epidemia. El problema era que su nombre se estaba popularizando en los centros de rehabilitación y todos los sitios en los que había estado con Wind. Ella temía que esta popularidad llegase a oídos de alguien en el instituto donde trabajaba, y de ahí al doctor Kahn y su equipo. Mientras el equipo investigador buscaba una vacuna, este se había mantenido aislado, sin darse cuenta del otro lado del fenómeno. Investigaban sin entender la causa de la raíz de los ataques cardíacos. Sólo eran conscientes de la epidemia de ataques cardíacos. Estaban completamente ajenos al hecho de que la consciencia humana se estaba difundiendo por todo el mundo, y era lo mejor que le podía pasar a la humanidad.

Este grupo de científicos del NIH (Instituto Nacional de Salud) se centraba únicamente en la parte física de la medicina y no hacían la conexión entre ambas reacciones. Ni siquiera conocían la reacción positiva que estaba teniendo lugar. Estaban tan obsesionados con encontrar una cura, una vacuna, o una medicina para proteger el corazón, que no veían la gran parte que jugaban las emociones reprimidas como la causa de esta epidemia.

Mientras los científicos estaban ocupados con su proyecto, la doctora Wind interferiría antes de que descubrieran cualquier vínculo entre los diferentes casos. Hoy estaba ella en su laboratorio manipulando algunos resultados cuando entró Caroline, la becaria del doctor Kahn y su ayudante más devota. La doctora Wind se sorprendió y no pudo evitar que le cayera una muestra que tenía en la mano. Caroline la miró con sospecha, dio media vuelta y se fue sin decir una palabra.

Desde que Caroline había comenzado a trabajar en su equipo hacía un año, nunca había habido buena química entre ella y Senoia. Senoia podía sentir la tensión cuando las dos estaban en la misma habitación. Senoia no actuaba ante la situación, pero Caroline siempre estaba a la defensiva y trataba de socavar a Senoia delante del doctor Kahn. Senoia sabía que el karma antes o después se encargaría de ello y nunca se enfrentó a Caroline.

En esta ocasión, Senoia estaba segura de que Caroline había ido a informar al doctor Kahn de las sospechas que tenía sobre Senoia. La doctora Wind había mantenido la distancia del proyecto principal y fingía que estaba trabajando en el estudio sobre cáncer. Tenía que pensar en algo rápido. Ya tenía la teoría de su estudio falso sobre el cáncer preparado, pero no tenía todas las muestras listas en caso de que el doctor Kahn solicitase ver su progreso. Este era el momento de hacerlo. Recogió su mesa y salió del laboratorio. Mantuvo un paso lento, tratando de que no pareciera que iba apurada. Entró en el departamento oncológico y buscó al equipo con el que debería estar trabajando. Peter, Janet, y Frances, los becarios de este año, formaban un círculo y discutían un caso con entusiasmo.

–Qué bien que esté aquí, doctora Wind. Tenemos algo que mostrarle – dijo Peter.

Los tres becarios estaban ansiosos por encontrar algunas respuestas antes de que se terminaran sus prácticas en tres semanas. La doctora Wind enseguida se metió en la conversación. Su cerebro escuchaba, pero su mente estaba pensando que, en cuestión de unos días, ella sería la que les mostraría algo a ellos. Estos tres jóvenes estudiantes estarían muy contentos de ser conscientes, y estaban listos para ello. No como Caroline y el doctor Kahn. Senoia casi estaba segura de que los dos recibirían al menos calambres sino ataques cardíacos, y ella no podía ser la que lo provocara. Eso la delataría completamente.

Durante estos últimos meses, continuó estudiando casos de cardiopatía y ataques cardíacos relacionados con la energía de la transmisión de la consciencia.

Descubrió que alguien que era consciente no provocaría una reacción negativa fuerte en alguien que tenía las emociones reprimidas, a menos que hubiese una amenaza física o emocional. Solo se produciría un pequeño calambre si la persona no estaba preparada para recibir la energía.

Senoia estaba en medio de la conversación con los becarios cuando el doctor Kahn y Caroline entraron en el laboratorio de oncología. El doctor Kahn iba delante y Caroline detrás de él. Fue directo a la doctora Wind. Senoia no estaba de frente a la puerta, pero los vio entrar por el espejo que estaba en la pared del fondo del laboratorio. Ella fingió que no había notado su presencia. Los becarios dejaron de hablar al verlos acercarse, por lo que la doctora Wind se giró para ponerse frente a ellos. Manteniendo la distancia, ella miró y sonrió al doctor Kahn y esperó a que él hablara. Él extendió su brazo por detrás de la espalda de ella como una indicación de que quería que lo acompañase.

–¿Te importaría …? –comenzó a decir.

–Casi he terminado aquí. ¿Puedo verle en su laboratorio en unos minutos? –Senoia lo interrumpió.

La sonrisa de él se convirtió en una mueca y un segundo después, en otra sonrisa, aunque falsa. No le gustaba que lo contradijesen, aunque siempre era muy correcto y educado en público.

–No se demore. Hay algo que tengo que discutir con usted.

–Claro que sí. Enseguida voy.

Se volvió hacia su equipo, pero pudo sentir la mirada desafiante de Caroline tras su cabeza. Respiró profundamente y continuó con la conversación tranquilamente. Una vez más, el cerebro de Senoia estaba centrado en lo que decía Peter, pero su mente estaba ideando su próximo movimiento y se preguntaba qué sabría el doctor Kahn. Recordó que hoy era la cita para las últimas radiografías de Wind y Rain. Tenían que ir al ortopeda. Treinta minutos más tarde, de camino al aparcamiento, llamó por teléfono al doctor Kahn.

–¿Sí? –contestó Caroline.

–¿Puedo hablar con el doctor Kahn, por favor? –preguntó la doctora Wind.

–Te está esperando, ¿Sabes? –dijo Caroline.

Maria Fernández Méndez

Esta chica realmente ponía a prueba la paciencia de Senoia. «Respira profundo, mantén la calma», Senoia se dijo a sí misma y repitió:

–¿Puedo hablar con el doctor Kahn, por favor? –mantuvo su tono lo más neutro posible.

Caroline no dijo nada más.

–Hola, doctora Wind. –Senoia reconoció el tono de voz más amable del doctor Kahn– ¿Está usted de camino?

–Doctor, tengo que llevar a mis hijas al ortopeda hoy. Están casi completamente recuperadas. Han pasado seis meses desde que se fracturaron el pie. ¡Hoy es un buen día! – Ella intentaba sonar alegre–. Lo veré la próxima vez que venga al laboratorio, o siempre podemos hablar por teléfono si me necesita ¿No?

–Esto es algo que me gustaría hablar con usted en persona, doctora Wind –dijo el doctor Kahn en un tono de voz serio–. Hablando de sus hijas, espero que todo vaya bien con ellas. ¿Sabía que la directora de la escuela de su hija, la señora Pye es una paciente del ensayo clínico? Ella me dijo que había hablado con usted de su idea de cuándo y dónde comenzó la epidemia. ¿No pensó usted en mencionármelo? Ella tiene una teoría muy interesante que me gustaría discutir con usted.

–Vi a la señora Pye hace meses y ni siquiera recuerdo lo que me dijo, probablemente porque no me pareció relevante. Sólo pensé que estaba en buenas manos porque era parte de su estudio médico –Senoia respondió tratando de mantener una voz calmada.

–Bueno, de todas formas, quiero discutirlo más con usted, así que por favor venga a verme antes de irse –el doctor Kahn insistió.

–Estoy ya de camino a mi casa. No quiero llegar tarde a la cita médica de mis hijas –dijo Senoia.

–Mañana a primera hora sin excusas, doctora Wind –respondió el doctor Kahn, casi gritando, y colgó antes de que Senoia pudiera decir ninguna otra cosa.

Senoia temía que el doctor Kahn se estuviese acercando demasiado porque ella sabía que era cuestión de pocos días antes de que la consciencia fuera una realidad en todas partes. Por ahora, los medios de comunicación sólo mencionaban la epidemia de insuficiencia cardíaca. Nada se decía todavía acerca del fenómeno de la consciencia, al menos no oficialmente desde el gobierno o en los medios televisivos. En la calle y en las redes sociales era otra historia, especialmente entre las edades más jóvenes. Los niños habían empezado a mantenerse conectados e informados de lo mucho que se estaba propagando la consciencia. Utilizaban 'el medio alternativo real', como les gustaba llamarle a los niños y jóvenes que eran muy conscientes de su realidad y efectividad. Se hizo de boca a boca y a través de la red social llamada *Awareyou*", que en seis meses tenía trescientos millones de miembros y seguía creciendo a diario. Esta herramienta era la que la familia de Wind Smith utilizaba para saber hasta dónde se propagaba la consciencia.

Al mismo tiempo, la epidemia de insuficiencia cardíaca había alcanzado los setecientos cincuenta millones de víctimas a nivel mundial. Era increíble la enorme cantidad de seres humanos que tenían los corazones podridos con odio, ira, envidia, y miedo reprimidos. Setecientos millones de personas en todo el mundo habían muerto, y los casos seguían creciendo dramáticamente después de los primeros seis meses. El doce por ciento de la población había muerto, el cinco por ciento era consciente, y todavía el ochenta y cinco por ciento o había recibido calambres, o tenía enfermedad cardíaca o todavía no les había alcanzado el fenómeno. Considerando que el veintisiete por ciento de la población eran niños, por lo que Wind y su familia habían estudiado, la mayoría se volverían conscientes. También predecían que una cuarta parte de la población mundial pronto moriría, la mitad sería consciente y el cuarto restante sería cuestión de tiempo que estuvieran de un lado o de otro.

«¿Cómo estaría el mundo en el transcurso de un año? ¿Cómo podría predecirlo la doctora Wind?» Ella deseaba que los sueños de Wind sobre un mundo sin leyes, barreras, dinero y gobierno se hiciesen realidad. Sin embargo, ella sabía que este mundo utópico solo podría ser real con mucho sufrimiento, pérdidas, y sacrificios. «¿Cómo sería el mundo con el cincuenta por ciento menos de su población?»

La doctora Wind iba pensando en todo esto de camino a casa. Hubiera querido tener mejores noticias para su familia hoy. Tenía que pensar con rapidez y resolver cómo deshacerse de las preguntas del doctor Kahn. Ella podría inventarse una historia de que sus hijas necesitaban más rehabilitación y necesitaban de su ayuda hasta que estuvieran mejor. Odiaba mentir, pero ella sabía que no tenía muchas más opciones con el doctor Kahn. Estaba muy cerca de ser descubierta y no quería estropearlo después de tanto trabajo y sacrificio y con todo lo que estaba en juego.

16

Universo

Senoia estaba aparcando al lado de su casa cuando le sonó el móvil. Era Peter, el becario del laboratorio.

–Sí, Peter, ¿Qué pasa? –le preguntó.

–Bueno, después de que te fuiste, el doctor Kahn me llamó y me preguntó acerca de nuestra investigación y lo cerca que estábamos de dar algunas conclusiones –dijo Peter– Sé que no le informamos directamente a él, pero también me preguntó cuánto estabas tú involucrada en el proyecto. Sólo quería que lo supieras. ¿Está todo bien?

–Todo está bien, Peter. Dr. Kahn es así. Es un perfeccionista y quiere resultados, eso es todo. No te preocupes por ello, pero gracias por avisarme.

Esta conversación le hizo pensar seriamente a la doctora Wind de tomarse un descanso del trabajo. Ella sabía lo competitivo que era el doctor Kahn y no estaba segura de lo lejos que podría llegar para salirse con la suya. Además, tenía a su devota ayudante vigilando y la doctora Wind estaba segura de que una parte de él quería impresionarla. Si Senoia se tomaba un tiempo libre, su familia estaría bien financieramente. No necesitan su salario para salir adelante, especialmente sabiendo cómo iba a cambiar el mundo muy pronto. Ella dedicaría su tiempo a la planificación de un futuro en un mundo menos competitivo. Almacenaría productos no perecederos para tener comida que los alimentase durante una temporada, hasta que el mundo se estabilizase de nuevo. Se dijo «no hay mal que por bien no venga». Así tendría tiempo para planificar su futuro.

Entró en casa dispuesta a contarle a su familia su decisión. Rain y Wind estaban listas para ir a la ortopeda. En el trayecto hacia la consulta se contaron unas a otras cómo les había ido el día. Senoia no quiso inquietar a las chicas con sus preocupaciones, por lo que solo les dijo que se tomaría un tiempo para planear el futuro y para estar juntos propagando la consciencia, que era lo que ella realmente quería hacer en este momento. Después de ver cómo su teoría cobraba vida ante ella, estaba muy emocionada de ver cómo se desarrollaba mientras ocurría y no quería estar atrapada en un laboratorio fingiendo la búsqueda de una cura para el cáncer.

Entraron enseguida cuando llegaron a la consulta médica. Después de algunas radiografías, la ortopeda les dijo a Wind y Rain que sus huesos habían curado bien. El pie derecho de Wind se veía un poco más delgado que el izquierdo. La doctora Saleem dijo que era normal. Sus músculos no se habían ejercitado durante seis meses, así que necesitaría más fisioterapia unos pocos meses más. Rain se quedó aliviada de que su hueso estuviera curado. Ella también necesitaba más terapia, pero no le importó. Había hecho algunas buenas amigas en el centro de rehabilitación. Después las dos hermanas tendrían que volver gradualmente a su ejercicio habitual, y poco a poco sus pies volverían a estar como antes.

Wind se sacó la bota ortopédica y apoyó el pie en el suelo. Sintió el suelo frío por primera vez en bastante tiempo. Intentó apoyarse en el pie y un dolor agudo y punzante se le clavó en la planta del pie. Respiró profundo e intentó de nuevo, esta vez agarrada a su madre. Wind necesitaría ayudarse con las muletas durante unos días hasta que su pie se acostumbrarse otra vez a moverse, así que no podía despedirse de las muletas todavía, aunque estaba aliviada de deshacerse de la bota ortopédica. Una caída tonta de un segundo la había condicionado la vida durante mucho tiempo. No volvería a ver a la gente en silla de ruedas de la misma forma nunca más. Se compadecía de ellos aún más ahora.

En el camino de regreso a casa, Wind le fue contado a su madre el modo que imaginaba el nuevo mundo en relación con las personas con discapacidades. Sería un mundo con accesibilidad para todos sin importan sus habilidades. Entonces Wind recordó su sueño de la noche anterior y comenzó a imaginar cómo sería el poner juntos lo antiguo del mundo actual, como hermosos castillos, iglesias, palacios y edificios, para que fuesen espacios públicos para disfrute de todos, y lo nuevo en el nuevo mundo, como la tecnología, incluyendo los teleportadores, y nuevas ideas y costumbres, tales como que todos se respetasen mutuamente y trabajasen de forma cooperativa.

En su sueño las imágenes habían sido tan reales que, tan pronto como llegó a casa, escribió todo para añadir las ideas a su plan para el futuro. Era así:

Estoy paseando a través de un bosque de robles. Soy un chico adolescente blanco. No sé cómo me llamo. Es difícil caminar entre la maleza. Tengo que ir apartando las ramas bajas de los árboles. El camino es abrupto y cambia constantemente al ir avanzando. Voy dejando el bosque atrás y me encuentro con una finca enorme llana y despejada ante mí con un magnífico castillo de piedra estilo europeo en el centro de la llanura. (Asumo que mi sueño ocurre en Europa). El castillo está intacto, pero tiene las paredes cubiertas de hiedra y vegetación alrededor.

Llego al castillo y camino hacia uno de sus claustros. Hay un hombre y una mujer de mediana edad limpiando el lugar. Me dicen que son los encargados del mantenimiento del castillo. Charlo con ellos un rato y me dicen que lo abrirán al público como museo en breve.

Me acompañan para visitar el lugar. El suelo está cubierto de una capa gruesa de musgo y tierra. Hay una amplia escalinata que nos lleva a otro claustro con unas paredes muy altas que acaban con vidrieras de colores. Unos escalones unidos a la pared nos llevan a la primera planta desde donde se aprecian unas vistas magníficas del campo. En las paredes del claustro hay retratos de los propietarios del castillo: el marqués y marquesa del condado.

Le pregunto a la pareja por qué el castillo parece abandonado. Me dicen que los propietarios no se pueden permitir su mantenimiento. El coste es astronómico. Esta pareja ha vivido en estas tierras toda su vida.

Heredaron el trabajo de sus padres. Me dicen que los marqueses no tienen un heredero. Ofrecen mostrarme el lugar y me invitan a cenar con ellos y con los campesinos que trabajan los campos.

Al cruzar los campos, los trabajadores paran de trabajar y se dirigen a la casa a comer. Me miran como si me reconocieran. Me observan de una manera seria y silenciosa. Caminamos a una casa de campo donde los cocineros están preparando la comida para los trabajadores. Entramos en la cocina; los cocineros están ocupados terminando de preparar la comida y no me ven. La cena no está lista todavía así que la pareja me muestra el camino al otro lado del castillo, donde hay otro claustro en la entrada principal.

Hay un grupo de niños jugando a la pelota. Están prácticamente desnudos. Entre ellos se encuentran unos niños africanos, también desnudos, con anillos dorados alrededor de sus cuellos, brazos y piernas y coloridos adornos en su pelo.

Este claustro está delante de la entrada principal del castillo donde hay una doble escalera de piedra y una amplia terraza. En lo alto de la escalera, apoyados en la baranda de piedra, está una pareja mayor, sonriendo y observando como juegan los niños, rodeada de chicos jóvenes.

Me siento en lo alto de las escaleras al lado de un africano que se me hace familiar. Miramos el juego en silencio. Entonces me dice:
–Tú y tus hermanos solíais venir aquí con tu padre cuando eráis pequeños ¿Te acuerdas?–
Me quedo en blanco. Y vagamente empiezo a recordar una imagen de gente jugando felizmente.

Entonces un grupo de hombres llega a donde estaban los niños jugando. Los niños se van corriendo y los hombres empiezan a jugar un juego de pelota que no conozco, a diferencia de ellos que parece que lo han jugado durante mucho tiempo...

Le susurro en el oído del africano:
–No recuerdo haber estado aquí jamás –le digo.
–Está bien. Recordarás poco a poco ahora que has vuelto –dice.

Luego me dice que la pareja mayor son los marqueses. Todos aquí parecen contentos y relajados, pero las condiciones del castillo me hacen sentir triste. Es una magnífica construcción antigua de piedra de cientos de años y sería una belleza si estuviese mejor cuidada.

Poco a poco me empiezo a sentir como en casa, como si ya hubiese tenido este sueño antes o si lo hubiese vivido en una vida anterior. Luego me despierto.

Eso fue todo. Wind no recordaba nada más. Siempre había sentido curiosidad por el significado de los sueños. Había leído que, a veces, hay una conexión con la vida del que sueña, pero la mayoría de las veces es difícil de interpretar. No encontró ninguna conexión entre este sueño y los acontecimientos actuales de su vida, o sus sueños de futuro. Sin embargo, podía pensar en una interpretación. Se dio cuenta de cómo magníficos edificios y construcciones de todo el mundo, como castillos, palacios, catedrales, y universidades, tenían acceso muy restringido para una persona común, y los disfrutaban sólo unas cuantas familias reales o los ricos y poderosos a no ser que fuesen museos y aún así la entrada no era gratis.

Pensó que sería genial que estos edificios fueran lugares de reunión, residencia, y entretenimiento para que los utilizasen y disfrutasen cualquier persona en la comunidad. También recordó cómo la hizo sentir el sueño: a ella le encantaba el sentido de conexión y paz con personas de diferentes orígenes y culturas. Pensó que era increíblemente interesante que fuera un chico blanco en el sueño, como si ella estuviera viviendo la vida de otra persona. También pensó que sus sueños eran el modo de que su subconsciente se comunicase con su conciencia. De alguna manera eran mensajes del universo.

17

Amigas

Eran casi las vacaciones de primavera. A Wind y a Rain les encantaba ir a la reserva donde vivía la familia de su madre. Todos los años se juntaban en esta época y tenían reuniones familiares, comidas y festivales. Era lo mejor.

Su familia pertenecía al clan Anigilohi, traducido como clan Pelo Largo o también conocido como clan Viento de los cherokee. Los hombres de este clan llevaban el cabello largo. Por eso también les llaman "la gente del cabello suelto". Las mujeres se atan el pelo hacia atrás o llevan trenzas. Este es un clan de maestros que observan las estrellas y cuentan historias para preservar las antiguas costumbres y los recuerdos orales. Los "*Twister*" era otro nombre de este clan en referencia al movimiento de sus hombros cuando caminan para mostrar su orgullo.

La jefa de la paz del clan llevaba un largo traje blanco con plumas en el festival. A Wind y a Rain les encantaba escuchar las enseñanzas sobre armonía y equilibrio, una manera de mantener relaciones saludables y conexión con todo sobre la Madre Tierra. Con canciones, cánticos, música de flautas y tambores, y baile, el clan celebraba la vida y agradecía a la Madre Tierra todo lo que les proporcionaba. Lo favorito de Wind era la ceremonia curativa del chamán. Ella se preguntaba qué pensaría el chamán o curandero sobre la energía que transmitía la consciencia.

Este año Wind les había preguntado a sus padres si Wendy y Wesley podían pasar la semana con ellos en la reserva. Estaban muy emocionadas por ir de viaje juntas. En la primera noche, disfrutaron de las hogueras, bailes y celebraciones. Wendy y Wesley entendían a Wind mucho mejor después de la reunión con su familia y aprendieron sobre su cultura y tradiciones. Se sintieron inspiradas.

Wind era una joven única con un profundo entendimiento de la gente. Los nativos americanos son un pueblo con comunión intrínseca con la naturaleza. Wind estaba pensando en voz alta:

–Mis antepasados no comparten la idea que tienen los occidentales sobre la propiedad privada. Se supone que el planeta y su tierra no pertenecen a nadie. Los seres humanos están aquí en la Tierra con el permiso de la Madre Naturaleza y deben respetarla y agradecérselo. La gente debería estar agradecida por permitírsele compartir este mundo con todas las demás especies. La gente 'civilizada' nunca ha entendido eso y la historia de la humanidad es prueba de ello. No importa el número de guerras que se enseñan en el colegio. Los adultos de culturas modernas y no tan modernas no aprenden de las guerras anteriores y siempre encuentran suficientes excusas para seguir entrando en guerra y matarse unos a otros.

Las tres amigas estaban tumbadas en la hierba, mirando las estrellas con sus cabezas juntas y sus cuerpos formando una Y. Wendy llevaba su bloc de dibujo y lápiz con ella a todas partes. Le encantaba dibujar. Se dio la vuelta, boca abajo, y con el bloc de dibujo entre las manos comenzó a dibujar. No mucho después, ella mostró a sus amigas lo que había dibujado.

A Wind y a Wesley les encantó el dibujo.

Wendy siguió coloreando el dibujo y preguntó:

–Así que... ¿Viajaremos a otros planetas durante esta vida? ¿Qué pensáis?

Wind reflexionó durante un segundo.

–Pues a mí me gustaría ver este planeta sano otra vez antes de viajar fuera de aquí. Hay tanto que hacer aquí y mucho que ver y descubrir. ¿No creéis?

–Yo creo que sí – dijo Wesley–. Sería maravilloso observar cómo la gente se relaciona y convive una vez se acaben las guerras. Porque las guerras se van a terminar ¿Verdad, Wind?

–Eso espero. ¿Cómo podría la gente seguir lastimándose mutuamente sabiendo que todos somos uno? Además, sabrán que cualquier intento de lastimar a alguien les traerá dolor inmediato y autodestrucción.

–Chicas, no sigáis levantadas mucho más tiempo ¿Vale? Mañana por la mañana, vamos todos a ayudar a preparar el desayuno –dijo Senoia desde la entrada de la casa de su tía.

–¿Qué vamos a hacer, Mamá? –preguntó Wind– ¿Haremos pan frito y cebollas silvestres con huevos? Se me hace la boca agua sólo de pensarlo.

–Sí, lo haremos. También haremos pan de frijoles y maíz molido frito – respondió Senoia– Vamos a tomar un buen desayuno, y luego aprenderéis a tejer cestas. ¿Recuerdas cuánto tiempo hace que Ulisi ha querido enseñaros a hacerlas, y nunca encontráis el tiempo?

Sí, lo sé. Vale, niñas. Vamos a cama. Os va a encantar el desayuno. Os lo prometo –Wind les dijo a sus amigas.

Las tres chicas se fueron a casa de la hermana de Ulisi, Amadahy, donde Wind, Rain, Senoia y Ulisi habían nacido. Todas las mujeres del lado materno de la familia de Senoia habían dado a luz allí. El ritual del parto nativoamericano era una antigua tradición que databa de mucho tiempo atrás. Era la costumbre que las mujeres dieran a luz en la casa materna.

Amadahy había arreglado para que las tres amigas durmieran juntas en catres, pero no eran capaces de quedarse dormidas. Intentaron acomodarse y decidieron mover los catres y girarlos para poner tener las cabezas juntas al estar acostadas. Estaban demasiado emocionadas con anticipación y no pudieron evitar empezar a hablar otra vez.

–Así que –Wesley comenzó–, ¿Cómo te sentiste la primera vez que sentiste la consciencia de la conciencia, Wind? ¿Sabías lo que estaba sucediendo?

Wind reflexionó y dijo:

–Yo recuerdo que siempre he tenido una pequeña voz dentro de mí con la que tenía conversaciones. Pero cuando pasó el evento, primero empecé a sentir un temblor que crecía desde dentro, una corriente que salía de mí y se desbordaba fuera de mi piel. Después sentí cómo el corazón del secuestrador se transformaba en carbón duro, como los leños quemados de la hoguera de esta noche.

–¡Oh! ¿Pero fue diferente después, cuando nos dimos las manos en tu casa? Es curioso que nunca hayamos hablado de esto en todo este tiempo – comentó Wesley.

–¡Claro que fue diferente! Aquel día, cuando iba corriendo para casa, sentía que podía correr sin parar porque no sentía el peso de mi cuerpo. Era como si pudiese volar, y al correr más y más, solo sentía cómo me latía el corazón. Luego, en casa tuve una avalancha de pensamientos en mi mente, con los que intentaba darle sentido a todo lo que me había pasado. Al final, se me calmaron los nervios cuando te vi en mi casa. Respiraba tranquila, mis pulmones estaban relajados. Todas y cada una de las células y átomos en mi cuerpo se expandían, estirándose como si se hiciesen sitio unos a otros para respirar. Entonces, cuando te miré a los ojos, me vi en ellos. Ahí fue cuando entendí lo que dice mi madre: "Nosotros somos todos Uno". Y cuando nos dimos las manos, simplemente compartí mi energía contigo.

Durante todo el tiempo, Wesley y Wendy estaban mirando a los ojos de Wind. Ambas dijeron al mismo tiempo:

–Yo también me vi en tus ojos.

Las tres se rieron, extendieron sus manos y se abrazaron. Luego suspiraron y se estiraron, sintiendo sus huesos crujir, liberando la tensión del día. Finalmente, todas se quedaron dormidas en paz.

A la mañana siguiente, Rain despertó a Wind, Wesley, y Wendy. Ella había dormido en la casa de Ahyoka con sus primos. Ahyoka era la hija de Amadahy y era ahora la líder de la comunidad.

Las niñas necesitaban ayudar con las preparaciones del desayuno. Después de asearse y vestirse, iban a ir al huerto a coger cebollas silvestres, que estaba detrás de la casa principal. Pasaron por la cocina para salir por la puerta de atrás. Senoia, Ulisi, Amadahy, y Ahyoka habían comenzado con los preparativos. Estaban preparando el maíz, los frijoles, las nueces y otros ingredientes para hacer los deliciosos platos para el desayuno. También estaban cantando la Canción Matutina, una canción tradicional cherokee, todas al unísono. Las niñas se quedaron allí, mirándolas, y sonrieron con deleite escuchándolas:

We n' de ya ho, We n' de ya ho,
We n' de ya, We n' de ya Ho ho ho ho,
He ya ho, He ya ho, Ya ya ya.

(Significaba *'Yo soy del Gran Espíritu, es así'*)

No había nada mejor que ver a los miembros de su familia disfrutando de su tiempo juntos, pensó Wind. Amadahy se parecía mucho a su hermana Ulisi, solo era más alta, y con un tono más gris de pelo. Las dos tenían la misma sonrisa dulce y la misma hermosa piel de color de olivo. Ahyoka se parecía a su padre. Era alta y fuerte con una complexión amable, firme pero relajada. Wind podía sentir el amor y la amistad que le desborda de su piel al ver a sus parientes cantar juntos la Canción Matutina. El sonido vibraba a través su cuerpo desde la punta de los dedos de los pies hasta lo alto de su cabeza. Ella sintió un tirón de su manga izquierda. Era su hermana indicándole que tenían que salir al huerto a buscar los ingredientes para el desayuno. Se fue a regañadientes en principio y enseguida se dio cuenta del hambre que tenía y corrió a fuera detrás de sus amigas y su hermana.

18

Familia

Esta semana era la primera vez en este año que Senoia se tomaba libre lejos del instituto. La reserva le inspiraba y la hacía sentir segura y en paz. Su padre y su madre habían sido los líderes de esta comunidad antes de que su padre muriera. Él solía decirle, cuando se estaba haciendo mayor, que el ser líder no se trataba del liderazgo, no consistía en conseguir que los demás te siguieran, como se percibe en la cultura occidental. Consistía en mantener la paz en la comunidad, en ser capaz de inspirar respeto, colaboración y comunicación. Así es como una comunidad no solo sobrevive, sino prospera. Cuando todos trabajan para los demás, para el bien de la comunidad y no para beneficio de uno mismo, todos ganan y todos quedan satisfechos.

Senoia echaba mucho de menos a su padre. Ella deseaba haber podido estar con él en este momento histórico. Cuando su padre murió, su madre se fue a vivir con ella y el consejo de la comunidad cherokee eligió a Ahyoka como su nueva líder. Ella tenía grandes desafíos por delante y Senoia quería ayudarla a mantener su cultura viva y próspera. De alguna manera Ahyoka ya había comenzado su propia pequeña revolución hacía tres años, cuando se convirtió en líder. Su objetivo era que su comunidad se convierta en autosuficiente y que cada miembro, sin importar el género, pudiera hacer cualquier tarea necesaria, individual y colectivamente.

Ahyoka iba a romper los roles estereotipados de la comunidad como la caza y el liderazgo para los hombres y la pesca, agricultura y crianza de los niños para las mujeres. En su comunidad cada miembro aprendía todo lo necesario para sobrevivir, sin tener en cuenta si era él o ella.

Así, en estos últimos tres años, Ahyoka, sin ser consciente de ello, había estado contribuyendo al plan de Senoia de las comunidades de un mundo futuro.

Senoia estaba reflexionando sobre cómo esta comunidad podría ser el lugar perfecto para instalar un teleportador y ser un modelo para futuras comunidades después de la revolución de los corazones (así era cómo Wind le llamaba a la propagación de la consciencia). Podrían instalar uno de los primeros teleportadores aquí y construir los doce centros que Senoia tenía en mente. Cada uno de ellos se concentraría en un área de estudio específica. Los numeró para que fueran de fácil referencia:

Centro #1   para la autoconsciencia
Centro #2   para las artes y la música
Centro #3   para la agricultura orgánica
Centro #4   para la confección de ropa
Centro #5   para la fabricación de muebles/ herramientas de carpintería
Centro #6   para el desarrollo de la tecnología
Centro #7   para el estudio de la medicina natural
Centro #8   para el lenguaje, la exploración cultural y las relaciones sociales
Centro #9   para la fabricación de máquinas de mano
Centro #10   para la fabricación de maquinaria pesada
Centro #11   para la construcción de edificios
Centro #12   para la paternidad/maternidad, y el cuidado de niños y mayores

Senoia mostró su plan a su familia, a Ulisi, Amadahy, Ahyoka, y otros miembros del consejo después del desayuno. Estaban todos sentados fuera en la zona de comedor de la comunidad. Desde que Senoia y su familia habían llegado, habían estado difundiendo la consciencia de la conciencia a todos los de la comunidad. Ahyoka estaba muy interesada en escuchar el plan de Senoia.

–Entonces, Senoia –dijo Ahyoka–, aquí somos 420 miembros cherokee en esta comunidad. ¿Cómo podemos hacer para que esta nueva comunidad, que has imaginado, funcione?

– En mi plan –Senoia respondió– y según mis cálculos, habría un máximo de 7200 personas en cada comunidad, distribuidas uniformemente en cada centro. En mi plan, los miembros de la comunidad rotarían de un centro a otro dependiendo de su edad, sus habilidades y sus necesidades. Por ejemplo, los niños desde su nacimiento hasta los cinco años vivirían en el centro # 12 para su cuidado. Se alojarían allí con sus padres y/o madres. Estos niños no serían educados por sus padres. Debido a la consciencia de la conciencia, desde el nacimiento, los niños tendrán un sentido innato de conceptos como el bien y el mal, lo sano y lo dañino, lo seguro y lo peligroso, y, en consecuencia, elegirán las mejores opciones para su desarrollo. Así que el papel de los padres sería acompañar, amar y nutrir a estos niños cuando sea necesario. Los niños, desde su nacimiento, no pertenecen a las familias. Vivirían en la comunidad y tendrían libertad y libre elección para explorar las diferentes alternativas ofrecidas en el centro, que estaría lleno de actividades interactivas para ayudarlos a explorar el mundo que les rodea. Desde un principio, los niños tendrían total independencia de sus padres. Elegirían su camino en todos los aspectos de su vida.

Los ojos de Ahyoka estaban abiertos de sorpresa, pero ella sonría con aprobación y comentó:

–Eso es definitivamente un cambio de perspectiva, un cambio con lo que se ha hecho hasta ahora, pero suena interesante. ¿Crees que la gente se adaptará a eso?

–Eso espero. Creo que no deberíamos tener miedo de intentar cambios radicales, ya que estos son tiempos de transformación extrema. La comunidad prosperaría con la colaboración de todos –dijo Senoia.

–Entonces ¿Qué pasa con los que no sientan la consciencia enseguida, como le pasó a Rain? –Ulisi preguntó.

– Bueno, esos tendrán el centro #1 para la autoconsciencia donde recibirán lecciones de la generación más joven, que es la que siente la consciencia de forma más fuerte. Así que este sería otro gran cambio: la generación más joven enseña a las generaciones mayores sobre la consciencia de la conciencia –explicó Senoia.

–Senoia, ¿Puedo preguntarte? Si queremos que cada comunidad sea autosuficiente –preguntó Alex–, ¿Cómo preparamos a sus miembros para eso?

–Bueno, primero tenemos que elegir cuidadosamente a los miembros de cada comunidad para que haya un equilibrio en sus habilidades. Necesitaremos gente preparada en cada área de estudio, como la agricultura, la tecnología, la fabricación, la construcción y la medicina. Las áreas esenciales para conseguir que arranque la comunidad. Después, lo que yo creo que es muy importante recordar es que el concepto tradicional de dinero no funcionará en este tipo de comunidad. No se recibirá dinero a cambio de trabajo. Todos y cada uno de los miembros de la comunidad tendrán que proporcionar un servicio a cambio de comida, ropa, y refugio. Será una comunidad de cooperación entre todos sus miembros. Y, por supuesto, este plan está abierto a sugerencias de todos vosotros y de los nuevos miembros de la comunidad que quieran ofrecer nuevas ideas.

Mientras tanto, Senoia les presentó un boceto del plan de la comunidad.

En el centro #2 para las artes habría un museo y un centro de exposiciones donde cualquier persona en la comunidad podría visitar para observar y utilizar como inspiración para su propia manera de expresión artística. Esta área, para cualquier forma del desarrollo del arte, sería una de las más importantes en la comunidad, puesto que la expresión artística es una manera muy buena de canalizar las emociones y sentimientos.

En el centro #3 para la agricultura ecológica, aprenderían todo lo relacionado con el cuidado de la tierra, la fertilización, la siembra y la cosecha de una manera orgánica y sostenible. La tecnología sería una gran parte de este esfuerzo. Los últimos avances en el ahorro y el uso eficiente del agua se pondrían en práctica aquí.

Estos eran algunos ejemplos de los centros de la comunidad. La familia Wind siguió hablando sobre la organización de la comunidad durante un rato hasta que decidieron recoger el desayuno, para que pudieran ir a disfrutar del resto del día.

Era hora de que las chicas, Wind, Rain, Wesley y Wendy, aprendieran a tejer cestas. Amadahy tenía una habitación en su casa sólo dedicada a almacenar los materiales para tejer cestas como cañas, corteza de roble blanco, y ramas de madreselva. Pero primero irían a caminar por el bosque en los alrededores del Lago Hiwassee en busca de inspiración y decidir los colores y estilos que elegirían para hacer sus cestas. Aunque tejer cestas era una actividad tradicionalmente de la mujer, Ahyoka, como líder de la comunidad, había establecido una nueva costumbre, que cualquiera, sin importar el género podría disfrutar del placer de aprender a hacer cestas. Era una actividad muy relajante y terapéutica, así como necesaria para una comunidad autosuficiente. Alex y Senoia también se unieron a las chicas en hacer cestas.

Era una hermosa tarde de primavera cuando llegaron al lago. Había patos y gansos volando y nadando alrededor. Sus hermosas plumas de color verde, marrón y gris fueron las que inspiraron a Wesley y Wendy algunas ideas para sus cestas. Wesley haría una redonda y verde para usarla como frutero. Wendy decidió una rectangular y marrón para sus libretas de dibujo. Wind vio un par de cardenales volando de rama en rama en un roble blanco que la inspiró para hacer una cesta cuadrada negra y roja para guardar revistas. Rain eligió una verde y marrón en forma de jarrón para poner flores secas y decorar su habitación.

Senoia había hecho una pequeña cesta ovalada de color verde oscuro con rayas de color beige el año pasado y la había puesto en la mesa de la entrada para poner las llaves de casa y del coche. Así que decidió usar el mismo estilo con distintos tonos de color, marrón oscuro y verde claro. Alex eligió una cesta naranja y beige para las revistas de la sala de estar. Ulisi había traído de casa la cesta para su estrella azul del este. Había estado tan ocupada que no había tenido tiempo de trabajar en ella, así que la terminaría aquí.

Las tardes eran largas en la primavera. Wind y sus amigas tenían mucho tiempo para empezar a hacer las cestas antes de que se pusiese el sol. Probablemente les llevaría varios días terminarlas, especialmente porque eran principiantes, pero estaban disfrutando el proceso.

Esa noche también disfrutarían de cánticos y bailes alrededor de una fogata. Otra de las actividades favoritas de Wind de la reserva.

Wind intentó imaginar cómo sería vivir aquí a lo largo de todo el año cuando estuvieran listos para empezar a construir la nueva comunidad. Pensó que definitivamente se podría acostumbrar a vivir tan conectada a la naturaleza, junto a sus amigos y familia.

19

Todo irá bien

Las vacaciones de primavera en la reserva habían sido muy productivas para las familias Smith y Wind. Aunque habían pasado muy rápido, aún así habían disfrutado de la mutua compañía y estaban todos muy ilusionados de los meses que se les avecinaban en los que finalizarían las preparaciones para empezar a construir la estructura de las nuevas comunidades.

De vuelta en casa, Senoia estaba escribiendo los últimos detalles sobre autosostenibilidad, cuando sonó el timbre. Pensó que serían Alex y las niñas que volvían de fisioterapia. Ya les quedaba poco para terminar. Se extrañó que ninguno de ellos no hubiese llevado llaves de casa. Giró la manilla, abrió la puerta, y se quedó sorprendida de ver que era el doctor Kahn el que llamaba a su puerta. Inmediatamente intentó esconder su nerviosismo con una sonrisa forzada.

–Hola, doctor Kahn. ¡Qué sorpresa! ¿Ha pasado algo en el laboratorio? Senoia preguntó sin invitarlo a entrar.

–Bueno, la última vez que hablamos mencioné que había algo de lo que quería hablar con usted en persona. ¿Lo recuerda, doctora Wind? –respondió él con un tono condescendiente.

–Por supuesto. He estado ocupada con mis dos hijas, pero hoy mi marido pudo llevarlas a terapia, así que podemos ir al laboratorio y hablar allí –dijo Senoia. Trataba de evitar que el doctor Kahn entrase en su casa y que descubriese su laboratorio.

–¿Por qué no hablamos ya aquí? Ya he hecho el viaje. No hagamos que sea en vano. –El doctor Kahn no estaba dispuesto a ceder a la sugerencia de Senoia.

–Sin ningún problema. Por favor, pase. Le gustaría un té o un café. Estaba a punto de hacerme un té de jazmín.

–Un vaso de agua fría estaría bien, gracias.

Senoia le mostró el camino a la sala de estar y después fue a la cocina a preparar el té y a coger el agua. Volvió a la sala enseguida mientras se calentaba el agua para el té.

–Aquí tiene su agua. Soy toda oídos. –Se sentó en el sofá al lado del doctor Kahn y se puso frente a él para poder mirarlo a los ojos. Le prestó toda su atención. Tenía curiosidad y estaba un poco nerviosa. Él daba la impresión de estar muy calmado y sereno, pero ella sabía que por dentro era otra historia.

–¿Cuánto tiempo hace que nos conocemos, doctora Wind, quince años? He perdido la cuenta.

–Hace dieciocho años, desde que empecé mis prácticas en el Instituto en mi segundo año de postgrado. El tiempo vuela.

–Es cierto. Y en todo este tiempo, hemos tenido nuestras diferencias y desacuerdos, pero siempre hemos encontrado un punto en común. ¿Me equivoco?

–No, no se equivoca. No sé a dónde quiere llegar.

–A lo que he venido aquí es a decirle que, después de todo este tiempo, desde que nos hemos conocido y que hemos trabajado juntos, en buenos momentos y no tan buenos, siempre pensé que podía contar con usted. Pensé que estaba de mi lado y que mis esfuerzos y los suyos tenían una causa común.

Senoia quería seguir ocultando su inquietud, pero el doctor Kahn lo estaba haciendo muy difícil, y ella sabía que esa era precisamente su intención. Se quedó callada y, con una sonrisa, lo invitó a seguir hablando.

–A lo que me refiero es que, en un momento tan crucial como este, en el que estamos viviendo una crisis mundial y una epidemia, y tenemos la oportunidad de mostrar al mundo que la ciencia puede alcanzar lo imposible, usted decide tomarse una baja. ¿Por qué? ¿Porque sus hijas le necesitan? Puede contratar una asistenta para que le ayude con eso. Por eso pienso que me está ocultando algo y he venido aquí para que me lo cuente. Estamos solo usted y yo, así que no espero más que sea honesta.

En ese momento, la puerta principal se abrió, y la voz de Wind se filtró en el interior como una hermosa sinfonía invadiendo el espacio. Al mismo tiempo la tetera del agua silbó ahogando la voz de Wind. Senoia se disculpó con el doctor Kahn, se levantó y fue a la cocina. Apagó el fuego y al volver, escuchó de nuevo la voz excitada de Wind:

–¡Fue increíble, Papá! Ahora que has pasado todas las pruebas, es el momento de teleportarnos nosotros, ¿Verdad? Por favor, dime que somos los siguientes, ¡Por favor! –Wind vio ahora a su madre e intentó correr a ella. Todavía cojeaba y se detuvo a mitad de camino cuando vio al doctor Kahn en la sala. Se quedó mirando para él y después miró a su madre. Sabía quién era, aunque nunca se habían conocido en persona. Había visto fotografías suyas en los álbumes de su madre. Volvió a mirar a su madre con una mirada interrogante y Senoia le hizo saber, solamente con su mirada y un movimiento ligero de cabeza, que no dijese nada más. Wind volvió al lado de su padre.

Alex entró en la sala, después de haber colgado su chaqueta en el colgador de la entrada y le ofreció su mano derecha al doctor Kahn.

–¿Cómo está, doctor Kahn? Me alegro de volver a verle. Ya ha pasado tiempo. –Se estrecharon la mano. Alex trató de mantener una compostura relajada, aunque Kahn mostraba una sonrisa sospechosa.

–Estoy bien, gracias, considerando las circunstancias...

Wind no quería acercarse al doctor. Ella podía sentir su esencia de rabia frustración y orgullo. Había una energía pesada y tensa en el ambiente. Así que caminó hacia atrás, se dio la vuelta y corrió a su habitación.

–¿Qué era lo que le emocionaba tanto a su hija? Me encantaría escuchar algo más sobre eso de 'teleportarse'. ¿Qué son esas pruebas, señor Smith? ¿Puede contar algún secreto? –Kahn interrogó a Alex para intentar que bajase la guardia y ver su reacción.

–Oh, no es nada. Ya conoce a los niños. Viven en un mundo de fantasía. –Alex se mantuvo relajado y tranquilo.

–En realidad, no conozco a los niños. Mi vida es demasiado complicada y exigente para tener niños a mi alrededor –respondió el doctor.

–Qué pena. Somos mucho más interesantes de lo que pueda pensar –Rain interrumpió la conversación, apareciendo por detrás de su padre.

–Por favor, Rain, no seas grosera – remarcó Senoia– Discúlpate con el doctor Kahn y vete a tu habitación. –Senoia se sorprendió a si misma al oírse decir eso, pero el doctor Kahn la ponía nerviosa.

Rain se dio la vuelta sin decir otra palabra y se fue arriba.

–Disculpe a mi hija –dijo Alex– Ha tenido un largo día de terapia y ejercicios para rehabilitar su pie. No hay excusa, pero los adolescentes son un verdadero desafío.

–Estoy seguro de que lo son, y no solo los adolescentes – dijo el doctor Kahn mientras miraba a Senoia.

–Alex, ¿Te importa darme unos minutos con el doctor Kahn? –preguntó Senoia– Estábamos tratando un asunto. –Ella sintió ahora que recuperaba un poco de fuerza. Se había sentido algo intimidada cuando estaba a solas con el doctor Kahn en casa, pero ahora sabía que no tenía nada que temer. El doctor Kahn no intentaría nada con su familia en la casa.

–Estaré en el estudio. Lo dicho, doctor Kahn, me alegro de verle. Espero verle de nuevo pronto –dijo Alex, y salió de la habitación.

El doctor Kahn sonrió a Alex con una mirada rápida y volvió su atención a Senoia.

–Yo entiendo que ha sido extremadamente estresante en el instituto últimamente, doctor Kahn –dijo Senoia–. Esta epidemia es algo que nunca había pasado antes en la historia moderna y entiendo que el estrés le haga sacar conclusiones precipitadas. Su teoría de que le estoy ocultando o guardando algún tipo de información es absurda. Después de dieciocho años en el Instituto, y precisamente debido a la epidemia, me he dado cuenta de que mis prioridades han cambiado. Ya no vivo para mi trabajo. Por el contrario, trabajo para tener la vida que quiero y deseo tener para mí y mi familia. Así que, con todo el respeto, le presento mi renuncia formal de mi actual trabajo. Le enviaré un email con una copia por escrito de ella mañana por la mañana.

Sin esperar por una respuesta del doctor Kahn, Senoia se levantó del sofá y le mostró la salida con un gesto de su mano izquierda.

La respiración rápida de Kahn delató su furia incontrolada.

–¡Usted no va a tener la última palabra en esto! ¡La destruiré! Su carrera está acabada. ¡Nadie la contratará una vez yo termine con usted! Voy a descubrir lo que está pasando. ¡Se arrepentirá de esto!

Senoia no esperó por él. Caminó hacia la puerta principal, la abrió, y, sin decir una palabra más, esperó a que el doctor Kahn cruzase la puerta para cerrársela justo detrás de él. Apoyó la espalda contra la puerta. Podía oír al doctor Kahn gritando a través de la puerta, pero no le importó ya más.

Alex salió del estudio.

–¿Estás bien? Este hombre está loco. ¿Qué le pasa?

–No te preocupes por esto, Cariño. Se ha acabado. Ha venido a acusarme de ocultarle información. Está obsesionado, pero no tiene ninguna prueba. Estoy tan contenta de estar fuera de allí y de que se acabe todo. Todo irá bien.

20

Paz en el mundo

La familia Smith estaba lista para dar el mayor paso de sus vidas. Ellos sabían que revolucionarían el mundo cambiante en el que vivían. Después de meses de preparaciones y transformación de su comunidad y alrededores, estaban listos para irse a la comunidad de sus sueños. Alex Smith había elegido una pequeña isla en Hawai'i como ubicación para el segundo teleportador y como uno de los dos primeros sistemas sociales a desarrollar. Esa isla era perfecta para eso. Estaba separada del resto del continente. Su gente era hospitalaria y acogía la idea de convertirse en una comunidad diversa y autosostenible. Estaban muy emocionados de ser parte de esta nueva etapa en la historia de la humanidad. Además, su suelo, su suministro de agua, y recursos naturales eran ideales para empezar una nueva comunidad.

Esta comunidad hawaiana y la de la reserva cherokee se desarrollarían simultáneamente. La familia Smith, como generadora de la idea, estaría de un lado a otro entre ambas comunidades para asegurar la correcta aplicación del sistema en sociedad.

Ahora que los ensayos del teleportador habían sido un éxito, y habían confirmado que no había problemas con la teleportación humana, podían empezar a pensar dónde estarían las próximas dos comunidades donde instalarían los otros dos teleportadores. Después de eso, se construirían más teleportadores y se desarrollarían más comunidades según la demanda. El nuevo consejo comunitario tenía muy pocas condiciones y una era que el requisito para recibir un teleportador sería el comprometerse a implementar el nuevo sistema social. Así todos y cada uno de los teleportadores estarían situados en una comunidad con el nuevo sistema social y sería el único medio de transporte entre las nuevas comunidades y así sería cómo mantendrían el contacto.

El círculo inmediato de confianza de la familia Smith — Wendy y su familia, Wesley y su familia, y todos sus amigos y familiares cercanos se unirían a ellos en la reserva poco después de marcharse de la ciudad. Además, Alex Smith y sus socios habían formado un equipo de expertos para liderar y construir los centros y hacer de estas nuevas comunidades una realidad. Calcularon que necesitarían un año para que la comunidad estuviese lista y en funcionamiento. También, en ese tiempo, Alex y sus socios seguirían desarrollando teleportadores y los tendrían listos para comunidades futuras. Después de ese tiempo, si todo iba bien, reproducirían el modelo de la comunidad simultáneamente en muchos lugares en todos los continentes por lo que el nuevo sistema social se extendería rápidamente.

Era mediados de abril. Wind despertó en una hermosa mañana de primavera. Era el gran día y estaba emocionada y renovada. Se dio cuenta de que éste sería su último día en su dormitorio, en esta casa. Probablemente nunca volvería a ver esta casa. De alguna manera, pensó que esto la hacía sentirse triste y melancólica, pero se lo sacudió rápidamente sabiendo que nunca olvidaría los años que había pasado aquí y que los tiempos venideros eran demasiado emocionantes para sentirse triste.

Se levantó y corrió al baño. Su hermana ya estaba allí.

–Rain ¿Vas a estar mucho tiempo? Necesito darme una ducha.

–Salgo enseguida. Dame un minuto –dijo Rain.

Esto era sorprendente. Desde que Rain se había roto el pie, y ya no tenía que coger el autobús para ir a la escuela, era raro que se levantase antes que Wind, pero hoy era un día especial y toda la familia se había levantado más temprano. Incluso Ulisi, que generalmente se tomaba su tiempo para salir de su habitación, ya estaba en la cocina tomando una taza de té. Ella había insistido en llevarse su planta con ellos. Por supuesto, nadie en la familia iba a intentar convencerla de lo contrario. Además, Ulanigida había sido parte integrante del proceso y de la familia. No se la podían dejar atrás.

La mayoría de los supervivientes de su ciudad, donde la revolución había comenzado, se teleportarían a la isla o a la reserva para ser parte de las primeras comunidades, para ayudar a construirlas y desarrollarlas, y para dejar su marca como los generadores de la nueva etapa en la evolución humana. Intentarían ajustarse a la idea original lo más posible. Se distribuirían por edades para construir y desarrollar los centros y empezar con el sistema social lo antes posible. El primer centro en el que se enfocarían sería el de cuidado de niños para que los niños más pequeños tuvieran un ambiente seguro y apropiado para crecer y desarrollarse.

Sobre lo que dejaban atrás, después de hoy, la residencia de los Smith y las casas de otros residentes no quedarían abandonadas. Había tantas personas desplazadas debido a la epidemia y los desastres previos y guerras que todos los residentes que se dirigían a Hawai'i o la reserva ofrecieron sus casas a todas las personas que no tenían un lugar donde ir. Su ciudad sería una especie de lugar de transición donde la gente podría empezar obteniendo información sobre su nueva realidad y el mundo antes de que pudieran ir a una nueva comunidad.

Wind, Rain, Senoia, Alex, y Ulisi estaban guardando sus pertenencias esenciales. Sólo se llevarían sus posesiones más apreciadas y las que tuviesen valor sentimental. Todo lo demás lo dejarían atrás. Wind había madurado tanto en el último año. Sin embargo, no se separaría de su querida Pilley. Ella no podría imaginar dormir sin ella cada noche.

Rain estaba decidida a llevarse su música. A Senoia le disgustaba no poder llevarse todo su material del laboratorio, pero definitivamente ella sería parte de la construcción de los centros de medicina natural y de tecnología. Como consuelo empaquetó el último microscopio que había adquirido para su laboratorio.

Alex no sentía ninguna ansiedad por dejar esta casa y esta vida atrás. Había diseñado y construido la casa con sus propias manos y le había encantado, pero estaba listo para decir adiós. En lugar de llevarse algunos recuerdos con él, decidió escribir una guía del mantenimiento de la casa para los nuevos inquilinos.

Ulisi, aparte de su querida Ulanigida, se llevaba un par de sus cestas para la gente de Hawai'i como ofrenda por su bondad y hospitalidad.

Después de echarle un último vistazo a la casa, se dirigieron al almacén. Una vez allí, estaban listos para marcharse. Primero teleportarían su equipaje. Después, uno por uno, serían teleportados a su nuevo mundo. Habían pensado y planeado el orden de la teleportación. Tim, uno de los socios de Alex, había volado a Hawai'i la semana antes para asegurarse de que el teleportador estaba listo para un viaje exitoso. Alex sería el primero en pasar. Para bien o para mal, no lo haría de ninguna otra manera. Una vez que confirmaran que su teleportación había sido un éxito, sería el turno de Ulisi, después Rain, luego Wind y, por último, Senoia. Habían echado a suertes el orden porque no se daban puesto de acuerdo quien debería ir antes.

Al ir acercándose la hora de partida, se iban poniendo cada vez más ansiosos. A Alex le dieron el visto bueno los científicos e ingenieros. Todo estaba listo. La hora de salida estaba establecida para las once de la mañana, hora local; las seis de la mañana en Hawai'i. Eran las diez y media. Otra nueva manera de viajar era que ahora no tenían que esperar en fila y no pasar por seguridad como en el aeropuerto; solo tenían que pasar los nervios antes de decir adiós. Dirían «te veo del otro lado». Alex respiró profundamente y miró a su familia. Una a una las miró a los ojos. Su suegra tenía la más dulce de las sonrisas. Ella le dio un rápido abrazo e intentó alcanzarle la mejilla. Era tan pequeñita que Alex tuvo que inclinarse para recibir su beso, como si fuera una niña. Después, Rain no lo soltaba.

–Papá, por favor dime que estás cien por cien seguro de que va a funcionar. Tengo tanto miedo –dijo Rain.

–Sí, Amor. Hemos tomado todas las medidas necesarias para que funcione perfectamente. No tienes que preocuparte por nada.

Entonces Wind abrazó a Alex y sonrió. Ella ya le había dicho todo lo que tenía que decirle a su padre. Él sabía lo que ella sentía y no tenía necesidad de decírselo de nuevo.

Finalmente, Alex le dio la mano a Senoia. Habían pasado tantas cosas juntos. Sus vidas pasaron por sus mentes en cuestión de segundos; recordaron las dificultades y los éxitos, los momentos felices y tristes. Los dos sonrieron y se besaron un largo rato. Entonces se soltaron y él dijo las palabras:

–Os veo pronto del otro lado.

El momento de la verdad había llegado. Todo estaba listo. El teleportador tenía establecido el destino. Roger, el ingeniero encargado de operarlo, le recordó a Alex las últimas instrucciones. Como medida de seguridad, Roger programó diez segundos de cuenta atrás para asegurarse de que Alex estaba listo. Alex entró, y Roger cerró la puerta detrás de él. Alex colocó sus pies en los puntos indicados y esperó la señal de Roger: Su pulgar derecho hacia arriba. Roger estaba junto al panel, con el código del destino y la cuenta atrás de diez segundos. Le hizo la señal a Alex para que se preparara. Una vez transcurrieran los diez segundos, el cronómetro mostraría treinta segundos, Roger presionaría el botón, y la teleportación empezaría. Una vez pasaran los treinta segundos la teleportación se habría completado.

«¡Clic!» Todo el mundo oyó el botón, y el cuerpo de Alex, incluyendo su sonrisa, comenzó a disiparse lentamente hasta que desapareció completamente. La confirmación de que había sido un éxito sería una luz verde sobre el teleportador 1, T1, y un mensaje de su llegada del teleportador del destino, T2. Nadie respiraba en el almacén durante ese minuto hasta que la luz verde se encendió. ¡Confirmado! Había llegado. Al rato el móvil de Senoia sonó. Ella presionó el botón de manos libres.

–Hola, Amor. Soy yo. Estoy un poco mareado, pero todo está bien. ¡Lo conseguimos! Dile a Ulisi y a las niñas que se van a sentir un poco raras al pasar, como después de un viaje en la montaña rusa, pero nada más. En realidad, yo no he sentido nada en el proceso. –A Alex le temblaba la voz.

Senoia apagó el manos-libres y se puso el teléfono en la oreja.

–Ay, Alex. Me puse tan nerviosa. No quiero ni pensarlo, pero parte de mí pensó que no te volvería a ver. Te quiero tanto y estoy tan orgullosa de ti.

–Yo también te amo. Nos vemos muy, muy pronto.

A continuación, era el turno de Ulisi. Las despedidas fueron rápidas pues todos tenían confianza de que no tenían de qué preocuparse. Pero antes de entrar en el teleportador, Ulisi se dirigió a Senoia y dijo:

–Gracias por no rendirte, mi niña. –Le dio un abrazo y entró. El viaje salió bien de nuevo, y recibieron la llamada de teléfono confirmando la exitosa llegada.

Rain estaba muy nerviosa. No le gustaban mucho las montañas rusas, así que cuando oyó a su padre decirles los efectos secundarios del viaje, no se puso muy contenta. Pero tenía que hacerlo así que se calmó y se dirigió al teleportador. Wind la detuvo y le dio un abrazo fuerte por detrás. Había pasado mucho tiempo desde su último abrazo y Rain lo apreció. Le ayudó a que se le calmaran los nervios. Se giró y volvió a abrazar a Wind. Entonces su madre le dio un beso en la frente.

–Todo va a salir bien. Papá está en el otro lado esperándote. No te pongas nerviosa. Habrá terminado antes de que te des cuenta – dijo Senoia.

Rain no respondió. Asintió con la cabeza nerviosa y entró. Roger le señaló las marcas dónde poner los pies, y allá se fue. Y otra vez la luz verde se encendió después de menos de un minuto.

–¡Mamá! –dijo Rain por el teléfono– La gente de Hawai'i nos ha recibido con collares de flores. Mis flores son de color azul claro. Creo que este lugar va a ser genial. Ya me encanta.

Senoia sonrió.

–Genial, Cariño. Me alegro. Ahora le toca a Wind, así que te voy a dejar para poder despedirme. Hablamos pronto. Te quiero. –Senoia colgó el teléfono.

–Mamá, ¿Estás segura de que no quieres ser la siguiente? Puedo ir yo de última. Puedo esperar. No me importa –dijo Wind a su madre.

–Claro que estoy segura. Sé lo ansiosa que estás con el viaje, así que iré justo detrás de ti. Vamos, entra –dijo Senoia.

–Espera. –Wind le dio a su madre un fuerte abrazo– Eres la mejor de las madres y te quiero a montones.

–Yo también te quiero, mi niña *windy*. Estoy muy orgullosa de ti. Te veo en el otro lado –respondió Senoia.

Wind corrió hacia el teleportador y saltó dentro. Roger cerró la puerta y volvió a hacer el mismo proceso. Se veía muy satisfecho y orgulloso de lo que estaba haciendo. Senoia se quedó a su lado mientras veía desaparecer a su hija.

El almacén había estado en silencio con cada viaje excepto por los aplausos cada vez que la luz verde se encendía. Pero cuando Wind estaba desapareciendo, Senoia comenzó a escuchar voces en el fondo que le hicieron girarse a mirar. No podía creer lo que veía. El doctor Kahn se las había ingeniado cómo entrar en el almacén y apuntaba a uno de los técnicos con un arma. Roger era un buen amigo de Alex y era consciente de la paranoia del doctor Kahn, así que protegió el cuerpo de Senoia poniéndose delante de ella para que no la viese el doctor Kahn.

Roger le susurró a Senoia:

–La luz verde se va a encender en diez segundos. Quiero que lentamente entres en el teleportador en cuanto yo te lo diga. Quédate detrás de mí hasta que estés a salvo en el interior.

–No, él está aquí por mi culpa. Voy a ir a hablar con él –le contradijo Senoia.

–Él no ha venido a hablar contigo, Senoia. Haz lo que te digo. Piensa en tu familia. Te están esperando en el otro lado –le insistió Roger.

No había tiempo que perder. La luz verde se había encendido, y el teleportador estaba listo para otro viaje. Senoia estuvo de acuerdo. Se mantuvo detrás de Roger y rápidamente saltó al interior del teleportador y Roger cerró la puerta. Se saltó los diez segundos de cuenta atrás y le indicó a Senoia que se preparase. El proceso empezó, pero para entonces, el doctor Kahn la había visto y corrió hacia ella.

–¡Apágalo! ¡Vuelve a traerla! –exigió el doctor Kahn.

–No puedo. Se ha ido –dijo Roger.

El doctor Kahn golpeó a Roger en la cabeza con la culata del arma, y este cayó al suelo. Entonces Kahn disparó al panel para hacer que el teleportador se parara. Los otros ingenieros y miembros del equipo no sabían qué hacer. No habían anticipado algo como esto. Roger yacía en el suelo, y Senoia desaparecía frente a ellos con pánico en su cara. ¿Qué pasaría si el teleportador se detenía en medio del proceso? ¿Qué le pasaría a Senoia? Estaban todos sorprendidos, incapaces de moverse o reaccionar a lo que el doctor Kahn estaba tratando de hacer.

De repente, al doctor Kahn se le cayó el arma de la mano y agarró el pecho en muestra de dolor como si le estuviese dando un paro cardíaco. Roger, todavía tirado en el suelo, había agarrado el tobillo del doctor Kahn y se lo apretaba para transmitirle su energía de la consciencia de la conciencia. Como era de esperar, el doctor Kahn no estaba listo para recibirla, y su corazón reaccionó en consecuencia.

Desafortunadamente, el teleportador había sufrido el daño del disparo. Roger se levantó lentamente con la ayuda de los otros miembros del equipo. Trató de evaluar el daño y de resolver cómo continuar el proceso. El cronómetro se había detenido, pero Senoia no estaba en el teleportador. La luz verde no se había encendido. El móvil de Senoia sonó.

—∿—

Casi toda la familia se había reunido en el otro lado. La luz en Hawai'i era hermosa. Eran las seis y diez de la mañana, hora local y el sol estaba saliendo y unas nubes, rosas y púrpuras, bailaban a su alrededor. El teleportador había sido colocado fuera del almacén en una plataforma muy cerca de la costa. La caliente y salada brisa acariciaba la cara de Wind mientras observaba las olas espumosas romper contra las rocas. La vista era impresionante.

En ese momento, la familia Smith estaba al lado del teleportador con los collares de flores alrededor de sus cuellos. Senoia llegaría en cualquier momento. Tim, el ingeniero a cargo de operar el teleportador, les dijo que la transferencia se había iniciado, pero Alex no había hablado con Senoia para confirmar que Wind había cruzado. Algo no iba bien. Había pasado un minuto y el proceso no se había completado. Así que Alex llamó al móvil de Senoia. No contestó enseguida, en su lugar oyó la voz de Roger.

—Alex, ¿Eres tú? ¿Puedo hablar contigo fuera del manos-libres? –Roger preguntó.

—Ya no estoy en manos-libres. ¿Qué ha pasado? ¿Dónde está Senoia? –Alex preguntó.

Alex se quedó pálido cuando Roger le dio la noticia. Esto no podía estar pasando. Habían probado el teleportador para evitar fallos en el funcionamiento, pero no lo habían hecho antibalas. No habían previsto un ataque como este. Era todo culpa suya. Pero ¿Dónde estaba Senoia? Había desaparecido del T1 y debería haber comenzado a aparecer en el T2. Tres minutos habían pasado, y ella no se había teleportado.

Wind, Rain y Ulisi estaban distraídas hablando con los locales y admirando la increíble vista de la costa hawaiana. Asumieron que Alex estaba hablando con Senoia justo antes de ser teleportada. ¿Cómo les iba a explicar a su familia lo que había ocurrido, que había desaparecido en el proceso? Después de todo por lo que habían pasado. Esto no podía estar pasando. Este era el gran éxito de Senoia y debería estar allí para ver cómo se cumplía.

–Papá, ¿Mamá va a llegar pronto? –La voz de Wind devolvió a Alex al presente.

Este no podía ser el final. Alex se prometió a sí mismo que no descansaría hasta encontrar la manera de traer a su querida Senoia de vuelta de donde fuera que estaba.

Esa noche, Wind tuvo un sueño. Estaba otra vez en el teleportador que la había enviado a Hawai'i. Su cuerpo comenzó a desaparecer. Todo se puso negro excepto por un punto distante blanco brillante que se hizo más grande y más grande delante de sus ojos. Entonces oyó la voz de su madre que la llamaba.

–Mi querida Wind –dijo su voz–, nunca te olvides de ser fuerte, valiente y amable. Recuerda que estaré a tu lado a cada paso. Sólo piensa en mí y allí estaré. Todos somos la misma energía.

Entonces Wind despertó. Su rostro estaba bañado en lágrimas.

La teoría de la doctora Wind se había hecho realidad. El video en YouTube del juego 'Abre tu corazón' se había traducido a cincuenta idiomas. Se hizo viral, y alcanzó cada continente y país con acceso a internet. Después de tres meses, cien por cien de niños y jóvenes tenían corazones conscientes, y cincuenta por ciento de los adultos sobrevivieron. Ninguno de los líderes mundiales estaba entre los supervivientes.

Había comenzado una nueva era. Wind, Rain, su tía abuela Amadahy, y su tía Ahyoka del pueblo Wind, de la familia de Senoia, viajaron por el mundo para mostrar el nuevo modelo social de una comunidad cooperativa donde cada cultura se respetaba y se mantenía. Casi la mitad de la población adulta se había extinguido y aun así había paz en la Tierra; todos eran uno en el universo, en equilibrio y armonía.

El sueño de la doctora Wind se había hecho realidad, y dondequiera que estuviera, cada átomo de su cuerpo-mente estaba presente y en paz con el resto del mundo.

Fin de la Primera Parte

Made in the USA
Columbia, SC
18 September 2019